AF189693

Konrad Dimbath

Mord auf Sizilien

Science Fiction Kriminalroman

Impressum
© 2018 Konrad Dimbath
Herstellung und Verlag
BoD – Books on Demand, Norderstedt
ISBN: 9783746076959

Gewidmet meiner Muse
und den freundlichen Lektoren und Reflektoren

Krailling, im Jahre 2018
Ausgabe 01

4

Zeitungsnotiz in italienischer Tageszeitung vom 20.7.2014:

Bürgermeister von Agritento in Sizilien tot am Strand aufgefunden, vermutlich erschlagen, Täter unbekannt. Die Ermittlungen laufen.

Es fing alles ganz harmlos an. Richard Himmel hatte in einer Zeitschrift ein Inserat aufgegeben, es hatte folgenden Inhalt: An alle Meridianer! Ich bitte um Mithilfe bei der Entschlüsselung folgender Mitteilung: …ianer an ….inge …unft 21.6.2020,

10100001110100010010101010110101010100001010 000010.

Diese leicht verstümmelte Nachricht war auf einem angeschwärzten Stein enthalten, den Richard Himmel am 2.7.2014 in seinem Garten gefunden hatte, der Stein war in der Nacht mit einem lauten Knall in seinem Garten niedergegangen. Er vermutete, die Nachricht wäre auf dem Flug durch die Atmosphäre beschädigt worden.

Richard Himmel war ein hagerer Mann von Anfang 70. Er lebte mit seiner Frau in einem kleinen Häuschen am Simsee, seine drei Kinder waren bereits von zu Hause ausgezogen und Richard Himmel hatte sich seit Jahren ganz dem Vorsitz einer Vereinigung zur Erforschung außerirdischen Lebens gewidmet. Die ca. 500

Mitglieder seines Vereins nannten sich Meridianer. Die Meridianer sind Anhänger des Sonnenhöchststandes und messen dessen Meridian besondere Bedeutung bei, daher ihr Name. Sie glauben auch an außerirdisches Leben und lokalisieren dieses Leben auf dem Stern Sirius oder dem ihn umkreisenden Planeten, von den Meridianern Meridus genannt. Ihrer Ansicht nach ist dieser Planet bewohnt, daher nennen sich auch die irdischen Anhänger Meridianer. Richard Himmels Credo lautete: Es gibt mehr Dinge zwischen Himmel und Erde als wir uns vorstellen können. Richard Himmel war schon mehrfach mit Außerirdischen telepathisch in Verbindung getreten, ja man konnte behaupten, er hätte eine fast familiäre Bindung zu ihnen aufgebaut, die übermittelten Nachrichten waren jedoch bisher immer vage gewesen.

In der Nacht zum 2.7. jedoch hatte er das bestimmte Gefühl, es würde sich etwas Entscheidendes ereignen. Und tatsächlich fand er am nächsten Morgen bei einem Gartenrundgang den Stein mit der beschriebenen Botschaft. Gerne hätte er allen Mitgliedern der Meridianer die Botschaft mitgeteilt, doch obwohl er mehrere Tage über dem verstümmelten Inhalt gebrütet hatte, kam er zu keinem eindeutigen Ergebnis und das war auch der Grund seiner Anzeige. Gleichzeitig hatte er die Botschaft per Mail an alle Mitglieder der Vereinigung geschickt. Richard Himmel hatte eine schwere Jugend hinter sich, seine Mutter war früh gestorben, sein Vater war streng. Er hatte studiert und sein Berufsleben mit mäßigem Erfolg hinter sich gebracht. Schon immer hatte ihn das Mystische angezogen und seit der Erscheinung der Kornkreise in

England war für ihn das Vorhandensein Außerirdischer erwiesen. Irgendetwas müsse sich in seinem Leben noch ereignen, so war er auf den Gedanken der Erforschung des Außerirdischen gekommen.

Am 2.7. fand das Ereignis statt. Ihm war klar, jetzt müssen Kräfte mobilisiert werden. Unter den Mitgliedern der Meridianer befand sich auch Gesine Getrommel. Sie wohnte in einem kleinen Ort in Italien in der Nähe von Florenz. Sie hatte Mathematik studiert, aber mit ihrer Familie Schiffbruch erlitten. Früh war sie von zu Hause ausgezogen. Die Enge der sizilianischen Kleinstadt, ihrer Geburtsstadt Agritento, bedrückte ihr Gemüt und der Aufsicht ihrer älteren Schwester musste sie entfliehen. Ihr Vater hatte es zu einem kleinen Häuschen gebracht aber eine Perspektive konnte er seiner Tochter nicht bieten.

So kam sie über einige Umwege mit den üblichen Jugendsünden in Rom nach Florenz. Hier lernte sie einen fleißigen Norditaliener kennen und etwas lieben. Sie war fest entschlossen, nie wieder nach Sizilien zurück zu kehren. So heiratete sie Marten. Im Rückblick war sich Marten nicht mehr sicher, ob es reine Flucht war oder doch etwas Liebe. Jahre nach ihrer Heirat erzählte Gesine ihm von einer Vergewaltigung, deren Opfer sie geworden war. Drei Ihrer Freunde waren nach einer Party über sie hergefallen. Weil sie aber aus dem Kreis nicht ausgeschlossen werden wollte, hatte sie geschwiegen. Seit dieser Zeit aber war sie entschlossen, sich keinem Mann mehr als unbedingt nötig zu öffnen. Ja, ein Kind wollte sie, zu diesem Zweck schien ihr ein sexuelles Zusammensein unvermeidlich, dann musste es aber damit Schluss sein. Zukünftig würde sie Verbindungen mit Männern nur noch auf geistig höherer Ebene akzeptieren. Die ideelle Verbindung mit den Meridianern kam ihr dazu gerade recht. Hier ging es nur um geistige Dinge, körperliche Kontakte waren ausgeschlossen. Okkultem war Gesine seit ihrer Kindheit aufgeschlossen.

Natürlich litt Marten unter dieser Einschränkung. Marten wurde erst nach Jahren klar, dies war wohl der Hauptgrund für ihre Trennung, allerdings wohl auch Gesines unglaublicher Starrsinn, den ihr auch Freunde bescheinigten. Zwei Jahre nach ihrer Heirat wurde ihr Sohn Otis geboren. 17 Jahre später, ihre Ehe war inzwischen gescheitert, saß Otis am Computer seiner Mutter und sortierte auf ihr Geheiß hin die eingehenden Mails. Diese Arbeit machte Otis nur widerwillig, denn eigentlich interessierte ihn wenig, genauer gesagt nichts, bis auf Nachrichten der Meridianer und GPS-Suchspiele. Er öffnete also die Nachricht von dem Meridianer Richard Himmel und las die verstümmelte Mitteilung. Er überflog sie und blieb einen Moment an der Zahlenkolonne hängen. Irgendetwas kam ihm daran bekannt vor. Er sah sich die Kolonne nochmals an, ja das war es, es konnten nur Koordinaten sein.

Während er sonst meistens von trägem Gemüt war, sprang er jetzt wie elektrisiert auf und rief: "Mama, Mama, komm, ich habe was Interessantes". Seine Mutter, die nicht weit entfernt gerade ein vegetarisches Essen zubereitete, machte die wenigen Schritte zu ihrem Computer und las auch die verstümmelte Botschaft an die Meridianer. Sie konnte daran nichts Auffälliges entdecken bis ihr Sohn ihr die mögliche Bedeutung der Zahlenkolonne erklärte. Sie verließ den Computer mit den Worten: „Dann schau halt mal, wo das ist". Das war für Otis kein Problem. Aus seinen Tabellen konnte er den Ort genau lokalisieren. Nach einem Blick auf die Karte musste es ein freies Gelände nicht weit von der Ortschaft Agritento in Richtung San Leone zum Meer hin auf Sizilien sein. Eingezeichnet waren allerdings auf dieser ebenen Fläche mehrere Tempelruinen. Eine der am besten erhaltenen Ruinen war der griechischen Hauptgöttin Hera, Gattin des Zeus, gewidmet. Der Tempel stammt aus der Zeit des 3. vorchristlichen Jahrhunderts konnte Otis im Internet nachlesen.

Otis ging die wenigen Schritte von seinem Computer in die Küche, wo sein vegetarisches Essen auf einem Teller lag. Widerwillig setzte er sich, viel lieber wäre ihm ein saftiges Stück Fleisch gewesen, aber seine Mutter war verbissene Vegetarierin. Ihre Unterhaltung beim Essen war wie immer recht einsilbig. Oft versuchte seine Mutter aus ihm wenigstens ein paar Informationen heraus zu bekommen, meistens vergeblich.

Heute ließ Otis nur ganz nebenbei die Nachricht fallen, er hätte den Ort mit den Koordinaten gefunden, er sei ganz in der Nähe von Agritento bei den Tempeln. Gesine horchte auf, in der Nähe ihres Geburtsortes, das konnte doch kaum sein! Obwohl sie wegen der Steinfliesen kalte Füße hatte und lieber ins Bett gegangen wäre, setzte sie sich an den Computer um die Mail von Richard Himmel genau zu lesen. Vorher warf sie noch ein Holzscheit in den Ofen, um die Temperatur trotz der undichten Fenster wenigstens auf 19 Grad zu halten. Eine Weile starrte sie auf die noch geöffnete Mail, dann hatte sie einen der großen Lichtblicke in ihrem Leben, die vollständige Mail konnte nur heißen: Meridianer an Erdlinge, Ankunft usw.

Die Gedanken wirbelten in ihrem Kopf, nach all den mühevollen und erfolglosen Jahren bot sich ihr jetzt die große Chance. Meridianer gab es für sie ohne jede Frage und nun würden sie kommen und sie alleine wusste wann und wo. Ja, wahrscheinlich war ihnen bekannt, welchen geschichtsträchtigen Ort sie gewählt hatten, vielleicht waren ihre Vorboten schon unter uns und beobachteten die Entwicklung. Auf jeden Fall musste man den Meridianern einen großartigen Empfang bereiten, denn über ihre telepathischen Kräfte hatten sie ja schon seit langem die Entwicklung auf der Erde gesteuert. Jetzt würden die Außerirdischen die Früchte ihres Einflusses ernten. Aus diesem Wissen müsste sich doch ein Geschäft machen lassen.

An Schlaf war jetzt nicht mehr zu denken. Eine Stunde später telefonierte sie mit ihrem Seelenfreund Paolo, der in der Nähe von Agritento wohnte und sie in regelmäßigen Abständen in Florenz besuchte. Paolo war auf Anhieb von der Idee begeistert, obwohl er anfänglich bei den Meridianern nur Mitläufer gewesen war. Schon im Vorfeld der Ankunft der Meridianer musste sich hier ein enormes Geschäft machen lassen. Die Grundstücke mussten als wertloses Land erworben werden, um Empfangstribünen aufstellen zu können. Die Rechte an Funk und Fernsehen mussten zu Höchstpreisen vergeben werden, die Summen müssten gewaltig sein, es handelte sich schließlich um ein Weltereignis. Hotels und Campingplätze waren zu errichten, natürlich auch Kinderspielplätze, Würstchenbuden und Souvenierläden, auch an einen Flugplatz in der Nähe wäre zu denken. Für alles hätte man die Fäden in der Hand, hätte man nur die erforderlichen Grundstücke im Besitz. Der Erwerb dieser Gelände war zwingend der erste Schritt, bis dahin durfte keine Information an die Öffentlichkeit dringen.

Gesine kannte die Tricks, mit ihrem hennablonden Haar und ihrer guten Figur hatte sie schon viele Probleme zu ihren Gunsten gelöst. Besonders mit Paolos Hilfe, der mit der örtlichen Prominenz bestens vernetzt war, mussten sich alle Schwierigkeiten überwinden lassen. Andererseits verfiel sie regelmäßig in eine Art Ehrfurchtsstarre wenn eine Person des öffentlichen Lebens in ihre Nähe kam. Bürgermeister waren solche Personen. Italienische Bürgermeister sind sich dieser Wirkung bewusst, sie treten in dunklen Anzügen und mit Krawatte auf, besonders nach einer erfolgreichen Wahl. Cafés und Marktplätze sind geeignete Bühnen, meist haben sie auch Bittsteller oder Personal als Gefolgschaft, die Bedeutung der Person steigt dadurch weiter.

Der Bürgermeister von Agritento, Roberto Simoncani, war erst seit einem Jahr im Amt und in seinem Gefolge sah man oft Paolo. Paolo war nicht gerade ein typischer Südländer, von gedrungener Gestalt, fast 50 Jahre alt und etwas beleibt, mit einem ausgeprägten, etwas gelichtetem dunkelblonden, meliertem Lockenkopf und ständig auf der Jagd nach neuen Verbindungen und finanziellen Vorteilen. Er leitete die Abteilung Kreditvergabe in einer Bank. Seine drei Kinder waren fast erwachsen, mit seiner Frau verstand er sich nicht mehr, deshalb hatte er seit Jahren Kontakte mit Gesine, es war aber nicht sein erstes Verhältnis. Eine Trennung von seiner Frau kam jedoch keineswegs infrage, lieber schlief er lediglich räumlich getrennt bei seinen Eltern im selben Haus auf dem Sofa.

Mit Spekulationen würde er gerne schnell reich werden. Hierzu war er auch bereit, illegale Touren und kleinere Gaunereien anzuwenden. Um sich körperlich fit zu halten hatte er versucht, durch die sizilianischen Berge Dauerlauf zu betreiben. Wegen seiner Korpulenz versagten aber bald seine Knie, so verlegte er sich darauf, Fahrrad zu fahren. Wegen eines Gehörfehlers, den er von seinem Vater, einem sizilianischen Fischer geerbt hatte, stellten sich auch hier wegen fehlender Richtungsortung Probleme ein.

Mit ihm telefonierte Gesine und schilderte in begeistertem Ton ihre Überlegungen zum Empfang der Meridianer. Mit Paolo musste ein Plan entwickelt werden, eine Reise nach Florenz war ohnehin geplant, sie verabredeten sich für das folgende Wochenende. Paolo nutzte Geschäftsreisen nach Florenz zu einem Großkunden der Bank für seine heimlichen Treffen mit Gesine, in seinem Heimatort hätte man ihn gelyncht, wäre seine Beziehung herausgekommen. Den Imbiss nahmen sie in einer Nebenstraße nahe des Domes in der Bar Bella Notte ein. Tramezzini und Cappuccino. Auf einer kleinen Bühne spielte eine 5–Mann Band aktuelle Schlager, Ramazzotti, Zucchero. Der Sänger im

Glitzerlook mit schwarzem Lockenhaar und Tenorstimme hatte etliche Bewunderinnen unter dem Publikum. Auch Gesine kannte ihn von früheren Besuchen und sie liebte seine feurigen Blicke, aber Paolo war ja da. Eine Unterhaltung war kaum möglich, Musik und Stimmengewirr zerhackten jedes Gespräch zu unverständlichen Fetzen.

Das Publikum hätte auch ein Sammelsurium außerirdischer Wesen sein können. Hinter einem Rotweinglas ein Gesicht mit einer gewaltigen Hakennase, schlecht rasiert und mit ausgebeulter Hose, aber mit wippenden Zehenspitzen, eine 18jährige neben ihm, von vorne züchtig gekleidet, von hinten gesehen mit freiem Rücken bis unterhalb der Gürtellinie. Lautstark unterhielten sich 2 junge Männer mit Schlips und Kragen und leicht aufgelöster Frisur. In der Ecke eine rothaarige Perücke über einem zerfurchten Frauengesicht mit freizügigem Dekolletee, umrahmt von einem bunt geblümten Kleid. Am Nebentisch zwei Damen, sehr blond und stark geschminkt mit Cocktailgläsern in der Hand. Auch der seriöse graumelierte Gentleman mit seinem jungen Freund fehlte nicht. Paolo, in der Öffentlichkeit sehr zurückhaltend mit Zeichen der Zuneigung zu Gesine, legte ihr die Hand auf den Arm und strich sich mit der anderen durch das ergraute Haar, sie verstand sein andiamo. Ihr reserviertes Zimmer lag eine Treppe höher.

Seit einiger Zeit allerdings trübte ein Übel die Beziehung zwischen Paolo und Gesine. In letzter Zeit hatten ihn zusätzliche Probleme im Beruf seelisch belastet. Er war mehrfach bei Beförderungen in der Bank übergangen worden, obwohl er oft in seinem kleinen Büro bis in die späten Nachtstunden schuftete und einen Aufstieg seit langem verdient zu haben glaubte. Diese Situation kränkte ihn erheblich und belastete sein Seelenleben bis in die wenigen schönen Stunden mit Gesine. Oft lag er auf seinem Sofa und fand keinen Schlaf, dazu kam noch die verworrene familiäre Situation. Nur das gute Essen entschädigte ihn etwas. Er kochte auch gerne selbst, als Konsequenz seiner Gaumenfreuden nahm allerdings sein Leibesumfang sichtbar zu. Um das Gewicht auf seiner Waage abzulesen, musste er sich erkennbar nach vorne beugen. Auch sein Glied sah er nur auf diese Weise.

Mit Gesine allerdings hatte er Glück. Ihr angeborener und erworbener Starrsinn verhalf ihr dazu, auf dem einmal eingeschlagenen Weg der Sympathie unbeirrt und trotz aller Widrigkeiten weiter zu gehen. Fast konnte man sagen, Gesine sei Paolo verfallen. Aber nur wenige enge Freunde konnten die Beziehung richtig deuten, sie war rein platonisch, es ging nur um geistige Dinge, speziell die Meridianer, körperliche Berührungen waren ausgeschlossen. Einige Freunde munkelten von einer Erektionsschwäche Paolos, körperliche Nähe reichte ihm.

Im Hotelzimmer angekommen wurde erst einmal der Beistand der Meridianer herbei gerufen, danach begann die eigentliche Besprechung. Schnell war beiden klar, für ihr Vorhaben Landerwerb und Infrastruktur waren wesentlich höhere Beträge erforderlich, als sie ihnen zur Verfügung standen. Als Ausweg für die

Geldbeschaffung fiel ihnen nur Richard Himmel ein und sie verabredeten, ihn in ihre Planungen einzubeziehen, ihm allerdings nur die nötigsten Informationen zu geben. Richard Himmels Aufgabe sollte es hauptsächlich sein, möglichst viele Meridianer zu möglichst hohen Spenden zu animieren, eventuell eine Stiftung zu gründen. Paolo war bestens für die Kontaktaufnahme mit den Grundeigentümern geeignet, Gesine sollte alles Organisatorische und die Abrechnungen übernehmen, sie hatte ja Mathematik studiert.

Zum Abschluss der Besprechung wurde noch der meridianische Taschenaltar aufgebaut. Gesine hatte ihn ständig bei sich und wandte sich ihm bei allen wichtigen Vorhaben zu. Auch diesmal spürte sie die Energieströme aus dem Altar, die ihren Körper durchflossen und sie in Verzückung versetzten. Den Taschenaltar hatte sie mit Energiegarantie von der Meridianercorporation für teures Geld erworben. Auch ein schlechte Energien einfangender Salzstein gehörte zum Equipment, mindestens jeden zweiten Tag abzuwaschen.

Paolo stand dem Meridianerglauben etwas reservierter gegenüber als Gesine und lachte innerlich bei der Andacht vor den Meridianersymbolen, aber er tröstete sich mit dem Gedanken, dass, falls die Meridianer nicht kommen sollten, er auf dem erworbenen Gelände eine Feriensiedlung errichten könne und auch das wäre sicher ertragreich.

Richard Himmel erhielt die Information über die vermutliche Entschlüsselung der außerirdischen Nachricht am nächsten Tag. Wie verabredet hatten Gesine und Paolo ihm nur den Platz der Ankunft der Meridianer mitgeteilt, das Datum hatten sie verschwiegen. Die Nachricht über den Ankunftsort allein versetzte Richard Himmel in einen Freudentaumel. Endlich hatte sich sein sehnlichster Wunsch erfüllt, er hatte der Menschheit etwas zu sagen. Funk- und Fernsehanstalten würden ihn zu Gesprächen einladen, die Zeitungen wären voll mit seinem Namen und ihm war sofort klar, dies war die Gelegenheit, seinen Drang nach Publizität und Anerkennung zu erfüllen. Diese Chance würde er nicht mehr aus der Hand geben. Paolo würde er nur wegen seiner Verbindungen zu den kommunalen Stellen nutzen, alle öffentlichen Auftritte würde er selbst wahrnehmen.

Um das zu erreichen musste er natürlich eine Vision haben und diese Vision hatte er in den frühen Morgenstunden des nächsten Tages. Was lag näher, als auf dem nunmehr bekannten Landeplatz der Meridianer einen prachtvollen Tempel im Stile der Griechen zu errichten. Dorisch, ionisch oder korinthisch, egal, Hauptsache prachtvoll. Dieser Tempel müsste nach seinen Vorstellungen ein Zentrum außerirdischer Kultur werden. Hier müssten die noch nicht genau bekannten Bautechniken der Außerirdischen, die ja sicher viele 1000 Jahre weiter waren als wir Erdlinge, publiziert werden, natürlich auch die sicher viel fortschrittlicheren medizinischen und kulturellen Errungenschaften.

Meridianisch-außerirdische Prinzipien und Techniken würden hier erforscht werden. Aus aller Welt sollten sich hier Schüler und Studenten versammeln und sich die Kenntnisse einer unermesslich weiterentwickelten Kultur aneignen.

Nach diesen aufregenden Gedanken legte sich Richard Himmel wieder ins Bett. Vorher hatte er noch einen aufgewärmten, schwarzen Granitstein zur Konzentrationssteigerung auf seinen Bauch gelegt, er wusste, es wäre gut für sein chi. Ja, es gibt mehr zwischen Himmel und Erde, als es sich ein unwissend normaler Mensch vorstellen kann.

Über die Meridianer ist noch ein Wort zu verlieren. Gesine hatte mit 18 Jahren in einem Kreis von Freunden gelebt, die auf Cannabis schworen. Mit diesem Rauschmittel versuchten sie vergangene schöne Erlebnisse und Vorstellungen wieder zu beleben. Bei einer solchen Sitzung, sie war ziemlich bekifft würde man sagen, hatte sie aber schlagartig das Gefühl, telepathische Fähigkeiten zu besitzen. Ihr war, als könne sie ihren Partyfreunden hinter die Stirn schauen. Wie in einem wilden Fiebertraum zogen die Partygestalten an ihr vorbei und bei jedem erkannte sie sofort sein Vorhaben, die nächste Flasche Bier zu holen bei einem, fast kotzen zu müssen beim nächsten, eine Zigarette zu suchen, die Nachbarin zu vernaschen, dringend eine Toilette zu benötigen. Am nächsten Tag war ihr klar geworden, sie gehöre zu den auserwählten Menschen, denn es war das sprachlose Interagieren, das Schwarmverhalten, das die höchste Lebensstufe der Außerirdischen darstellte.

Schwarmverhalten ist bekannt aus großen Vogelschwärmen, auch aus Fischschwärmen, bei denen oft zehntausende Individuen wie ein einziges Subjekt agieren, Formen bilden, die Richtung ändern, ausweichen, so als würde ein gemeinsamer Wille das Ganze lenken. In einem Ganzen aufzugehen war das Credo der Meridianer, das wusste sie und jetzt hatte sie die Energiestufe erreicht, die Umwelt zu erkennen und richtig zu deuten. Mit diesem Wissen ausgestattet war sie gegen wohlmeinende Ratschläge immun und für ihre Mitmenschen ein Problem. Aber nicht nur im Gesamten aufzugehen sollte das Ziel sein, auch die telepathische Verständigung mit dem Wissens- und Erfahrungszusammenfluss aller Einzelnen sollte das Ziel aller Bemühungen sein.

Zurück zu Richard Himmel. Schon früh am nächsten Morgen saß er an seinem Schreibplatz, schreiben war eine seiner Leidenschaften, süchtig nach Publizität. Er war sich sicher, die Menschheit stand kurz vor einem epochalen Durchbruch. Seiner Meinung nach war das die Fähigkeit zur Telepathie. Wie vor einigen Millionen Jahren, als den Menschen der Durchbruch zum Selbstbewusstsein gelungen war, so würde ihnen nun bald der Durchbruch zur Telepathie gelingen. Dagegen wäre der Schritt zur Sprache nur ein kleiner Hüpfer in der Entwicklung. Ihm war noch nicht klar, ob das im Wege der Steigerung der Geisteskräfte über Drogen oder mit Hilfe technischer Mittel gelingen würde, die als winzige Apparatur hinter dem Ohr versteckt die Gehirnwellen der einzelnen Zerebralregionen transformieren würden und sie auf bestimmte Distanz für andere Träger dieses Gerätes verständlich und erkennbar machen würden. Leider war Richard Himmel mit diesen Erwartungen seiner Zeit weit voraus. Wie einfach wäre die Einberufung des meridianischen Führungszirkels bei Vorhandensein dieser Technik gewesen. Er war eben ein Visionär. Und weil diese Technik noch nicht verfügbar war, musste er sich an seinen Computer setzen und die Einberufung mühsam im Zweifingersuchsystem und mit diversen Tippfehlern anfertigen und versenden. Immerhin hatte er in seinem Rechner die Mailadressen der Mitglieder gespeichert und so brauchte er alles nur einmal zu tippen um sie an alle Mitglieder zu versenden.

Die finanzielle Ausstattung der Meridianer war alles andere als üppig. So traf man sich am folgenden Abend im Hinterzimmer einer kleinen Wirtschaft. Versammelt waren 8 Mitglieder, davon 3 Vereinsvorstände. Richard Himmel hatte natürlich die örtlichen Pressevertreter eingeladen und es wurde drei Stunden lang über das Großprojekt debattiert, das Richard Himmel unter Bezug auf die Mail von Gesine Getrommel bekannt gab. Auf Anhieb waren alle Anwesenden begeistert. Endlich war das ersehnte Großereignis, die Ankunft der Außerirdischen, in greifbare Nähe gerückt. Allerdings trat bereits auf dieser ersten Zusammenkunft eine Auseinandersetzung über die Namensgebung auf. Richard Himmel schlug Weltmeridianerankunft vor, fand aber Widerspruch wegen zu großer Umständlichkeit des Ausdrucks, außerdem wäre der Name nicht geheimnisvoll genug, es sollte vorerst doch nur den Eingeweihten bekannt sein was der Welt bevorstünde, da wäre doch die Kurzform WMA viel griffiger. Weltverband der WMA, so würde der Paukenschlag der Veröffentlichung lauten können.

Eine Einigung war kurzfristig nicht zu finden. Richard Himmel hielt alle Details der Debatte auf einem dreiseitigen Protokoll fest, wobei sein Name auf dem Papier etwa 20 Mal vorkam. Wenn die Außerirdischen hier waren, sollten sie auch seine hervorragende Rolle bei der Vorbereitung erkennen. Seine Vorstandskollegen ließen ihn gewähren. Keiner von ihnen hätte mit so viel Eifer und Einsatz und so festem Glauben an die Existenz der Außerirdischen dieses wichtige Amt ausfüllen können. Ja vor kurzem war er sogar zu einer öffentlichen Versammlung eingeladen worden, auf der ihm ein Orden für die Verdienste bei der Erforschung außerirdischen Lebens verliehen werden sollte. Termin und Ort der Veranstaltung waren bereits festgelegt. Leider stellte sich heraus, diese Einladung war von Missgünstigen und Neidern fingiert und ein schlechter Scherz. Trotzdem war Richard Himmel im Kreise seines Vereins eine anerkannte Persönlichkeit und er wurde hier respektvoll nur R. H. genannt, wie auch in dem folgenden Text.

Zum Schluss der Sitzung kam noch ein von allen freudig begrüßter Vorschlag der Bedienung der Gaststätte, die dem Kreis schon öfter als Medium gedient hatte und mit einem Ohr die Diskussion aus dem Nebenzimmer mitgehört hatte: Man möge doch die Namen auspendeln. Der Vorschlag mit der größten Wirkmächtigkeit hätte sicher auch den größten Pendelausschlag.

Ein anderer wichtiger Beschluss fiel noch an diesem Abend. R.H. wurde beauftragt, den angekündigten Landeplatz in Sizilien zu besichtigen und sofort Verhandlungen mit den Behörden über den Grunderwerb aufzunehmen.

Offen blieb die Frage der Finanzierung des Vorhabens. Keiner der Meridianer verfügte über die erforderlichen Summen, im Grunde genommen Unsummen. Ausweg könnte eine meridianische Volksaktie sein. Alle Meridianer hätten in einem einmaligen Kraftakt den Riesenbetrag aufzubringen, wofür sie als Gegenleistung zum erwählten Kreis der irdischen Meridianer gehören würden, mit erstem Zugriff auf die enormen Weisheiten und Erkenntnisse der Außerirdischen. R.H. wurde beauftragt, den Aktienverkaufsprospekt zu entwerfen.

Wegen der Wichtigkeit duldete die Reise nach Sizilien keinen Aufschub. R.H.s Start war für das folgende Wochenende vorgesehen. Die Reise sollte über München gehen, denn dort war eine größere Gruppe erlesener Meridianer ansässig, sie sollten als erste über die Aktivitäten informiert werden und auch die ersten Spenden geben.

Tatsächlich gelang es R.H., einen dreistelligen Betrag zu aktivieren. In München lebte auch der meridianische Vordenker Kurt Wölflin, ein älterer Herr im Pensionsalter, sehr vergangenheitsbezogen, aber von hoher intellektueller Potenz. Sein eigentliches Anliegen war es, im Kreise der Meridianer seine philosophischen Überlegungen bekannt zu machen. Nach seiner Überzeugung waren die Meridianer ein weiterer

Versuch einer göttlichen immateriellen Allmacht sich zu materialisieren, sozusagen auch materiell existent zu werden, in einem nun schon mehrere Milliarden Jahre währenden Prozess der fortschreitenden Evolution. Kurt Wölflin war sich der revolutionären Sprengkraft seiner Ansichten im Klaren. Im Endergebnis würde der perfekte materielle Geist dem Immateriellen gleichen und damit göttlich sein.

Wo auf dem nun schon Milliarden Jahre dauernden Weg der Materialisierung sich der augenblickliche Zustand befand, war unmöglich einzuschätzen. Immerhin waren aus wenigen Grundbausteinen der Elemente seit dem Urknall Lebewesen mit Selbstbewusstsein entstanden, die seit kurzem sogar in der Lage waren, ihr eigenes Genom zu entschlüsseln. Aber genau so wenig wie sich elementare Materie Selbstbewusstsein vorstellen kann, kann sich Selbstbewusstsein den nächsten Schritt der Materialisierung vorstellen. Nur das mögliche Ergebnis des Prozesses scheint erkennbar: Völlige Identität im Sinn von immaterieller und materieller Allmacht. Wie lang der Weg bis zu diesem Punkt der Entwicklung noch ist, vermochte auch Kurt Wölflin nicht annäherungsweise zu sagen. Dass auch auf diesem Weg Parallelentwicklungen möglich wären, schien ihm vernünftig. Und als Parallelentwicklung sah er das meridianische System an.

Leider lagen für das Parallelsystem kaum handfeste Beweise vor, wobei R.H. hier ganz anderer Ansicht war, er hatte darüber mit Kurt Wölflin nächtelang diskutiert. Kurt Wölflin schauderte bei dem Gedanken, dass es möglicherweise keine Parallelentwicklung gäbe und der

Versuch des Universums mit seinen unermesslichen Weiten auf den Schultern des Staubkorns Erde liegen könnte! Die Erde als Versuchslabor der immateriellen Allmacht sich zu materialisieren, wobei ein Scheitern dieses Versuches auch nicht auszuschließen sei. Die Evolution hatte ja schon etliche Irrwege eingeschlagen und sich korrigieren müssen.

Trotzdem waren R.H. und Kurt Wölflin sich einig, die meridianische Schiene zu verfolgen. Vielleicht erfolgte der Qualitätssprung ja durch die Zusammenführung der außerirdischen mit der Erdentwicklung. Solche Gedanken leistete sich allerdings nur Kurt Wölflin, R.H. war sich des Vorsprungs der außerirdischen Entwicklung sicher. Nach der Unterrichtung des Meridianerreichs Monaco begab er sich sofort auf den Weg nach Süden.

R.H. waren Auslandsreisen zuwider. Schon beim ersten Tankstopp hinter der Grenze wurde seine Abneigung bestätigt. Weil es Sonntag war, stand kein Tankwart zur Verfügung, er stand an einer Self-Service Tankstelle. Bei ihm zu Hause wurde erst getankt und dann gezahlt. Hier gab die Zapfsäule keinen Tropfen von sich, sooft er auch am Zapfhahn klopfte und drückte, nichts. Widerwillig fing er an, die Bedienungsanleitung zu studieren. Sein Glück, er war noch nicht allzu weit von seiner Heimat entfernt, die Anleitung war zweisprachig. Aha, erst war der Geldschein einzuschieben. Was aber, wenn die Zapfsäule defekt und sein schöner Geldschein weg war? Das konnte er nicht riskieren. Zum Glück fand er doch noch einen kleineren Geldschein in der Börse, den steckte er in den Eingabeschlitz. Sofort kam der Geldschein aber wieder zurück. Auch der zweite und dritte Versuch scheiterten. Also wieder die Anleitung studieren. Da gab es den Hinweis, den Schein in so einem Fall anders herum einzuschieben. Tatsächlich, der Schein verschwand mit einem leichten Knistern und kam nicht wieder zurück, aber der verdammte Zapfhahn gab immer noch keinen Tropfen Benzin von sich.

Hinter ihm an der Zapfsäule standen bereits zwei weitere Kunden mit leicht ungeduldigen Mienen. Einer der Wartenden machte ihm auch ein Zeichen wie etwas zu drücken. R.H. drückte den Zapfhahn fester in den Tank, immer noch nichts, er wurde langsam nervös. Die Zeichengeber hinter ihm deuteten in Richtung Zapfhahn. Er studierte die Säule. Tatsächlich, er musste ja noch den Knopf „unleaded" drücken und endlich sprang die Pumpe an, aber nach kurzer Zeit schaltcte sie auf langsam und bei kaum 7 Litern stoppte der Zufluss. R.H. traute sich nicht mit einem weiteren kleinen Geldschein die Prozedur zu wiederholen, inzwischen warteten bereits sechs Kunden hinter ihm. Na ja, die sieben Liter würden schon bis zur nächsten Tankstelle reichen. Was für ein Omen beim ersten Akt auf seiner Reise. Nur schnell ins Auto und weg, ohne einen Blick auf die Wartenden in der Autoschlange zu werfen.

Die Poebene erreichte R.H. gegen die Mittagszeit. Es war ein herrlich wolkenloser Tag und er hatte auch eine Klimaanlage im Auto, sie reichte für die heimischen Verhältnisse allemal aus, aber hier schaffte sie einfach keine normalen Temperaturen, das Thermometer stieg auf fast 50 Grad und ihm stand der Schweiß auf der

Stirn. Dummerweise hatte sein Wagen eine Auspuffmacke. Das Abgasrohr lag viel zu nah am Kardanschacht und heizte diesen erbarmungslos von unten. Auf kurzen Strecken kein Problem, hier aber stieg die Temperatur auf fast 60 Grad. R.H. traute sich kaum, den Kardantunnel mit der Hand zu berühren, so heiß war er. Leider konnte er auch die Fenster nicht öffnen weil er sehr empfindliche Augen gegen Zugluft hatte. So blieb nur die Flucht zur nächsten Tankstelle, um einem Hitzschlag zu entkommen, tanken musste er ja ohnehin noch einmal. Also runter von der Autostrada. Diesmal war ein freundlicher Tankwart sofort zur Stelle. R.H. sagte etwas von „pieno" also voll machen. Der Tankwart fragte freundlich ob er Wasser und Öl kontrollieren solle, R.H. nickte und ging zur Kasse. Bei seiner Rückkehr zeigt ihm der freundliche Tankwart ein defektes Scheibenwischerblatt, ein daumenbreites Stück der Wischerlippe fehlte.

R.H. schaute verdutzt. Er war sich ziemlich sicher, seine Wischerblätter waren vor kurzem noch in Ordnung gewesen. Der freundliche Tankwart versicherte ihm in gebrochenem Deutsch, mit defekten Wischerblättern sollte man nicht auf die Autobahn fahren. Auf die Frage was zu tun sei, zog er aus der Tasche ein neues Wischerpaar, Preis leider 50 Euro, die könnten aber gleich bei ihm gezahlt werden. So geschah es, R.H. war sein Geld los, hatte dafür aber nagelneue Wischerblätter.

Inzwischen waren ein paar Wölkchen aufgezogen. Die Sonne schien nicht mehr ganz so mörderisch. R.H. traute sich wieder in sein überheiztes Automobil und nahm Kurs auf Livorno, das er am frühen Abend erreichte. Da seine Reisekasse nicht sehr üppig gefüllt war, hatte er vor, in einer kleinen Pension zu übernachten, aber auch das war nicht ganz einfach. Immerhin hatte er bald herausgefunden, „Camera libera" deutete nicht auf ein Fotogeschäft hin, sondern auf freie Zimmer. In einer älteren Unterkunft wurde er fündig. Sein Zimmer lag in einem umgebauten Nebengebäude ohne Fernseher und Kühlschrank. Die Nasszelle war nachträglich in eine Zimmerecke gestellt worden und über eine Stufe zu erreichen, aber der Preis war zivil. R.H. kam der Gedanke, der Rückgang des Tourismus nach Italien könnte eventuell etwas mit den Unterkünften zu tun haben. Das Hotel lag etwas außerhalb, nur wenige Minuten vom Strand entfernt. Er gönnte sich eine Pizza Margherita und eine Flasche Rotwein, die er unverschlossen an den Strand mitnahm. Er fand auch den kleinen kommunalen Badestrand, die restlichen Strände waren alle für Hotels reserviert.

Da es schon recht spät war, füllten nur noch wenige Badegäste den Strand. Der Sand war fein, weiß und sonnendurchwärmt. R.H. war ein Gemütsmensch, lange hatte er kein Meer gesehen, die Brandung rauschte in gleichmäßig monotonem Rhythmus. Eine leise Brise fächelte die Haut. Er nahm ein kurzes Bad, nach der Autotortur war das sehr erfrischend. Dann stellte er die Rotweinflasche neben sich in den Sand und wartete auf die hereinbrechende Dunkelheit. Den schwarzhäutigen Strandverkäufer von Regenschirmen nahm er nicht mehr wahr. Seine Kleider hatte er wieder angezogen, wahrscheinlich war er eingeschlafen, denn als er aufwachte war es fast dunkel.

Der Wein und die anstrengende Fahrt hatten ihre Wirkung getan. Aber der Himmel war prachtvoll. Staunend blieb er am Strand liegen und verfolgte die mit zunehmender Dunkelheit steigende Zahl der Sterne. Er versuchte den Polarstern zu finden, es gelang mit Hilfe des Sternbilds Großer Bär und der siebenfach verlängerten Hinterachse, auch das Sommerdreieck mit Wega, Daneb und Altair funkelte brillantgleich aus der unendlichen Ferne. Der ihm so gut bekannte Meridus war schwach am Horizont zu erkennen. Ein Blinkzeichen durchquerte langsam den Nachthimmel, das leise Turbinenrauschen und der Brandungssingsang vermischten sich. Alles war friedlich. R.H. fühlte eine große Ruhe in sich, ja er war auch ein Ästhet und zum ersten Mal seit Langem fühlte er Zweifel in sich, ob er die außerirdischen Meridianer wirklich benötigte um besser zu leben. Brauchten wir eine um Jahrtausende fortgeschrittene Technologie der Meridianer, würde sie uns mehr bringen als nehmen? Waren nicht seit jeher mit jedem Fortschritt Risiken verbunden, die mit weiterem Fortschritt bekämpft werden mussten?

Nein, diese ketzerischen Gedanken durften in seinem Kopf nicht Platz greifen. Seine ganze Organisation wäre zum Untergang verurteilt und durch sie und von ihr lebte er doch. Sie brachte ihm die Publizität, nach der sein Selbstwertgefühl sich verzehrte und die ihm in Funk und Fernsehen immer wieder Auftritte verschaffte, und nichts schmeichelte ihm mehr, als wenn er beim Einkaufen hinter sich Getuschel hörte: Sieh mal, den haben wir doch im Fernsehen gesehen. Denn bis zur Gründung des Vereins der Meridianer war er nicht erfolgreich gewesen. Nach der Ausbildung war er mehrere Jahre Angestellter gewesen, ohne im Beruf Befriedigung zu finden. Dann kam ihm die Idee, sich selbständig zu machen, aber wie fast in seinem ganzen Leben waren seine Ziele zu hoch gesteckt und das Ergebnis war eine satte Pleite.

Dann endlich mit schon fast 60 Jahren hatte er die Meridianeridee, die ihn seitdem erfüllte und ihm die seiner Meinung nach zustehende Anerkennung verschaffte. Hier endlich konnte er seinem Drang zu reden und zu schreiben hemmungslos nachgeben. Niemand konnte ihm sinnloses Tun nachweisen, in Glaubensfragen gab es nichts zu beweisen und die sonst übliche Erfolgsorientierung verschwand hinter einer Nebelwand von Verheißungen und unbestimmter Formulierungen. Nur diese Reise könnte alles Unbestimmte beenden und vielleicht beweisen, woran er bisher so fest glaubte, die Ankunft der heilbringenden Meridianer.

Er griff zur Weinflasche im Sand neben sich, verscheuchte alle ketzerischen Gedanken und überlegte die nächste Tagestour. In etwa 6 bis 8 Stunden würde er in Sizilien eintreffen. Für die Überfahrt hatte er keine Fähre reserviert. Solche Planungen waren ihm zuwider, das musste auch so gehen. Die Weinflasche war geleert, deshalb ab ins Hotel. Auf den Straßen war noch überall Leben. Straßencafés, Pizzerien, Eisdielen und Musik. T-Shirt bekleidete Jungen und Mädchen, vereinzelt ältere Damen und Herren mit Anzug und Krawatte. Von alldem ließ er sich nicht ablenken, er hatte ja eine Mission und eine Vision. Von einem Staatsmann hatte er einmal gehört, wer eine Vision habe, sollte zum Arzt gehen, dies hatte er aber als Pressegag abgetan.

Jetzt war er müde, sein Bett war alles andere als bequem. Der Wein half, das zu übersehen und bald übermannte ihn tiefer Schlaf und erst der Straßenlärm am nächsten Morgen weckte ihn. Obwohl es noch recht früh war, zog er sich an. Duschen sparte er sich, hatte er ja erst vor zwei Tagen getan. Seine Frau hatte ihm außerdem gesagt, man nähme davon zu. Das italienische Frühstück war ihm keine Offenbarung, der Kaffee mäßig, die Brioches ungewohnt. Schnell saß er wieder im Auto Richtung Süden. Diesmal fand er vor der Autobahn eine Tankstelle mit Bedienung, auch seine Wischerblätter blieben heil, dann Mautbillett ziehen und ab in Richtung Sizilien. Kurz überlegte er einen Abstecher nach Neapel zu machen. Er erinnerte sich aber an die Berichte über Müllberge und die Camorra, hatte von gestohlenen Autoreifen nach der Übernachtung gehört, also ließ er es bleiben. Sizilien brannte ihm viel mehr unter den Nägeln.

Er erreichte den Hafen gegen Abend. Alle Fähren für diesen Tag waren ausgebucht. Nach einem Hotel stand ihm nicht der Sinn. Er wollte am nächsten Morgen zu den ersten in der wartenden Autoschlange gehören. So beschloss er im Auto zu schlafen. Pizza und Rotwein zu besorgen war wie immer kein Problem und die ersten Stunden auf dem Autositz waren auch ganz angenehm. Aber gegen Morgen wurde es empfindlich kalt. Sein rechtes Bein war eingeschlafen und das Linke fühlte sich kalt und steif an. So saß er eine Weile zitternd auf seinem Sitz und überlegte, entweder eine kleine

Wanderung zu versuchen oder weiter zu schlafen, als er auf ein merkwürdiges Quietschen aufmerksam wurde. Das Geräusch kam in regelmäßigen Abständen mit kurzen Unterbrechungen.

R.H. wurde hellwach, manchmal hörte es sich an, als ob ein Marder an den Leitungen seines Autos nagte, dann schien es ihm wieder etwas weiter weg zu sein. Etwa 10 Minuten hatte er angestrengt gelauscht und das eingeschlafene Bein fast vergessen. Dann verstummte das Geräusch. Nach kurzer Zeit wurde die Beifahrertür des neben ihm stehenden Autos geöffnet. Eine Frau im Minirock stieg aus, ob jung ob alt war bei der Dunkelheit nicht zu erkennen, ordnete ihre Kleider und fuhr mit einem anderen Wagen davon. Sein Nachbar stand noch einige Minuten neben ihm, dann hörte er wie der Motor angelassen wurde und fast geräuschlos glitt der Großraumwagen vom Parkplatz. Aha dachte R.H., ich bin in Italien, er vermutete ein sexuelles Abenteuer und dann fielen ihm wieder sein eingeschlafenes und sein kaltes Bein ein und er versuchte mit Fußgymnastik dagegen anzukämpfen. Immerhin erlebte er einen herrlichen Sonnenaufgang mit rosaroten Wölkchen am Horizont und einer verblassenden Mondsichel.

Tatsächlich schaffte er es auf einer der ersten Fähren, einen der wenigen unreservierten Plätze zu ergattern und eine Stunde später hatte er Messina auf Sizilien erreicht. Schon von der Fähre aus hatte R.H. das fast 3000 Meter hohe Massiv des Ätna am Horizont ausgemacht. Ihm schien der Vulkan wie ein schlafender Riese, als Lebenszeichen nur eine feine Rauchfahne ausstoßend. Der sich aber auch gewaltig schütteln konnte, seine Umgebung in Angst und Schrecken versetzte und sie mit Asche und Lava überflutete.

Einen Teil dieser gewaltigen Kraft fühlte R.H. auch in sich. Seine Visionen würden die Menschheit bewegen. Auf der Küstenstraße Richtung Syrakus kam er dem Vulkangiganten noch erheblich näher. Die dünne Rauchfahne schien aus der Nähe schon erheblich energiegeladener. Von Syrakus hatte er gehört, einer uralten Griechen- dann Römersiedlung mit sicherlich vielen interessanten Baudenkmälern. Ihm war es aber jetzt wichtig, sein Ziel zu erreichen. Er war dem angekündigten Landeplatz der Meridianer schon ganz nah. In Punta Secca gönnte er sich neben einer Burgruine an der Steilküste hoch über dem Meer eine kurze Rast, dann hielt es ihn auch hier nicht länger und zwei Stunden später stand er staunend vor den Ruinen der griechischen Tempel von Agritento. Der säulenumwehrte Tempel der Hera, wie konnte ein Bauwerk in einer Erdbebenzone mehr als 2000 Jahre überdauern ohne einzustürzen? Das konnten nur höhere Kräfte bewirkt haben, die seit langem diesen Platz auserwählt hatten. Er sah auf sein GPS – Gerät, nach dessen Angaben trennten ihn noch etwa 2 Kilometer in südwestlicher Richtung vom angekündigten Landeplatz.

Diese Entfernung war nun wirklich kein Problem mehr. Vor ihm lag eine weite, mit niedrigem Gestrüpp überwucherte Ebene. Über ein Schild neben dem Pfad wunderte er sich. Auf dem Schild stand „Attenzione Rettili". Er verwarf den Gedanken, es könnte sich hier um den Hinweis auf ein Rettichanbaugebiet handeln und marschierte los, mit Sandalen an den Füßen, wie sie

Touristen in Italien nun mal tragen. Erst viel später wurde ihm die Bedeutung klar: "Achtung Reptilien!" Auf gut Deutsch „Achtung Giftschlangen".

Vom Wissen darum unbeschwert und beflügelt von der Nähe des Ziels erreichte R.H. den beschriebenen Punkt der angekündigten Landung der Meridianer. Er stand in einer leichten Senke, gleichmäßig bewachsen von macchiaähnlichem Gestrüpp, baumlos, strauchlos, wasserlos. Weit und breit keine Straße, in der Ferne die Tempelruinen, in entgegengesetzter Richtung die Steilküste zum Mittelmeer. Für jeden normalen Menschen eher eine fast leblose Wüste mit Reptilien verseucht. Nicht so für R.H. Vor seinem geistigen Auge sah er bereits Planierraupen, rot angemalt mit dem Namen Rosi, anrücken, Staubfahnen hinter sich herziehend. Straßen entstanden, Gebäude und riesige Hallen und eine gewaltige Freifläche mit Tribünen für unendlich große Menschenmassen und sein Name würde in aller Munde sein. Ja, er war ein Visionär.

Ein schwirrender Vogelschwarm holte ihn in die Realität zurück. Wahrscheinlich hätte er sonst bis zur hereinbrechenden Dunkelheit wie gebannt gestanden und die Hallen und Arenen wären in seiner Vorstellung immer größer geworden. Außerdem fing sein Magen an zu knurren. R.H. kämpfte sich auf dem engen Pfad Richtung Küste weiter. An diesem Tag hatte keine Viper Interesse an ihm. So kam er nach längerem Marsch an die Steilküste.

Ein herrliches Panorama lag vor ihm. Etwas weiter rechts in einer kleinen Bucht lag der Hafen mit einer ganzen Reihe von Booten und Yachten. Hier fand er einen etwas breiteren Weg, er folgte ihm und kam an einen leicht verwegenen Abstieg zu dem 30 Meter tiefer liegenden Strand. Er hatte Glück, unten angekommen entdeckte er zu seiner Freude ein leicht verwittertes Strandcafé. Der breite Küstenstreifen war menschenleer, einige Gäste des Ristorante saßen auf wackeligen Stühlen und genossen den Abend.

R.H. fand einen freien Platz und setzte sich. Die Anspannung der letzten Tage war von ihm gewichen, er hatte das Ziel seiner Fahrt erreicht, der Landeplatz der Meridianer war gefunden, er entsprach seinen Vorstellungen. Heute konnte er sich einmal ein echt italienisches Menue leisten.

Nach der Vorspeise zog er sein Handy aus der Tasche. Er wusste, Gesine Getrommel und ihr Freund Paolo waren auch schon in Agritento. Noch heute musste er sich mit ihnen verabreden um die nächsten Schritte zu besprechen. Gerade wurde sein Secondo serviert als er Gesine Getrommel erreichte. Sie war überrascht, ihn schon hier in Agritento zu begrüßen aber sie war sofort einverstanden, ihn in seinem Strandcafé zu treffen. In zwei Stunden sollte das sein. Für ihn Zeit genug zu Ende zu essen, für Gesine, Paolo zu informieren und zum Strand zu kommen. R.H. spürte wieder eine leichte Nervosität, es ging jetzt um viel. Er hatte noch Zeit für einen kurzen Strandspaziergang. Das gleichmäßige Anrauschen der Wellen beruhigte ihn.

In der Dämmerung versank die Ferne in bleischwerem Grau. Leichte Müdigkeit überkam R.H., die

Anstrengungen der letzten Tage und der Rotwein zu
seinem Essen......Aber sie verflog sofort als er Gesine
Getrommel und Paolo die Treppen zum Strand
heruntersteigen sah.

Um sich nicht zu verfehlen hatte Gesine ihre Kleidung
beschrieben.   Knielanger   Leinenrock   mit
hochgeschlossener weißer Bluse, Paolo in Jeans und mit
offenem Hemd. R.H. hatte die beiden noch nie gesehen,
dabei war Gesine schon seit Jahren Mitglied der
Meridianer, aber jetzt hatte er das unbestimmte Gefühl,
die Zukunft käme auf ihn zu. Ein Platz war schnell
gefunden und auch über die nächsten Schritte war man
sich bald einig. Am nächsten Tag sollte der
Bürgermeister von Agritento,   Simoncani, ein alter
Schulfreund Paolos, aufgesucht werden. Paolo war mit
ihm per Du. Sie waren keine guten Freunde, schon
während der Schulzeit hatte Roberto Paolo gehänselt
und auch verprügelt. Später hatte er ihm mehrfach seine
Mädchen ausgespannt und in Sizilien sitzt bei solchen
Schmähungen der Stachel tief. Paolo hegte immer noch
Rachegefühle, aber im Laufe der Jahre hatte er sie fast
vergessen.

Jetzt aber traf er wieder auf seinen alten Rivalen, doch
es half nichts. Die Eigentümer der Landefläche mussten
ermittelt werden, um mit ihnen in Kaufverhandlungen
treten zu können. R.H. hingegen befand sich in einem
mittleren Rauschzustand.

Er saß Gesine gegenüber und nicht nur von ihrem
Äußeren war er hingerissen. Mehrfach kreuzten sich
während des Gespräches ihre Blicke. Ihre Augen

schienen ihm blau und strahlend und wenn sie sich zuprosteten, sah er ihre schlanken weißen Arme. Mit Paolo konnte R.H. sich auf Englisch unterhalten. Aber in Gesines Nähe hatte er das Gefühl, ihm würde der Boden unter den Füßen schwanken, er wusste noch nicht genau warum. Paolo übersetzte seine Worte für Gesine, die ihn immer wieder ansah. War es Bewunderung für die von ihm temperamentvoll vorgetragenen Visionen? Wenn nur die Sprachbarriere nicht wäre. Paolo sprach auch das kritische Thema der Finanzen an. „Wie steht es damit?" fragte er ihn und R.H. antwortete: „Das bekommen wir hin, alle Meridianer stehen hinter dem Projekt und werden die erforderlichen Summen innerhalb kurzer Zeit aufbringen". Als Visionär kamen ihm auch nicht die geringsten Bedenken, obwohl in der Kasse der Meridianer lediglich ein paar Euro lagen. An Finanzen dürfen Visionen nicht scheitern.

Paolo hatte für den nächsten Vormittag einen Termin bei Bürgermeister Unberto Simoncani von Agritento verabredet. Unterschwellig hatte er immer noch den Wunsch, dem Bürgermeister bei sich bietender Gelegenheit seine Quälereien heimzahlen zu können. Aber der Abend war zu angenehm, die Gedanken an eine große Zukunft mit viel Geld und Erfolg zu verlockend für das Schmieden von Racheplänen. So saß man noch eine Weile zusammen und genoss den harmonischen Abend.

R.H. sah in Gesine eine griechische Göttin, Paolo träumte von Geld und Einfluss und Gesine gefiel die Gesellschaft von zwei Männern. Wenig später erklommen sie die Stufen zum höher gelegenen Parkplatz. R.H. stützte Gesine, während Paolo leicht schnaufend vorgegangen war und sein Auto suchte. Paolo bot R.H. an, ihn zu seinem Auto bei den Tempeln zu fahren, was dieser dankend annahm.

Er hatte auf dem Rücksitz hinter Gesine Platz genommen Er sah ihr windzerzaustes rötliches Haar und der feine Duft Gesines benebelte ihn fast. War es ein Parfüm oder war sie es selbst? In diese Gedanken versunken hätte er es fast versäumt auszusteigen. Leicht benommen noch von den wirren Gedanken an Gesine oder auch vom Wein ließ er den Motor seines Wagens an und fand nach kurzer Fahrt sein Hotel in Agritento.

Er war durch enge, verwinkelte Gassen gefahren. Vor dem Hotel gab es keine Parkplätze. Er lud sein Gepäck vor dem Hotel aus und gab seinen Wagenschlüssel einem braun gebrannten jungen Mann, der ihm versprach, für die Nacht einen Parkplatz zu finden. Den Schlüssel müsse er allerdings behalten, weil es sein könnte, dass er einige Wagen bewegen müsse, um ein eingeparktes Auto seinem Besitzer frei zu rangieren. R.H. hatte ein mulmiges Gefühl, aber eine andere Lösung gab es nicht.

Ein Hotelboy trug sein Gepäck auf sein Zimmer. R.H. schaltete das Licht ein und sah zu seinem Entsetzen seine Mütze auf dem Bett liegen. Er riss die Bettdecke samt Mütze vom Bett. Nie durfte eine Mütze auf dem Bett liegen, das verringerte alle Erfolgschancen, geschäftlich und sexuell. Der Blick vom Balkon beruhigte ihn etwas. Gesines wohltuende Schwingungen würden das hoffentlich ausgleichen.

Er betrat den Balkon, von hier hatte er einen guten Blick auf den Hauptplatz des Ortes. Das Halbrund des Ortsmittelpunktes war eingerahmt von mehrstöckigen Häusern. Eine breite Steintreppe führte zu einer Barockkirche. Der Platz war überfüllt mit Menschen und ihre Gespräche hörten sich an wie das Summen in einem riesigen Bienenstock. Faszinierend war auch die Bewegung auf dem Platz. Alle Personen bewegten sich langsam im Kreis entgegen des Uhrzeigersinns. Von seinem Balkon aus sah es wie ein Menschenstrudel aus. Wie in Mekka um die Kaaba dachte R.H., hier allerdings war ein Marmorbrunnen der Mittelpunkt.

Wenige Augenblicke später fiel das Licht aus. Alles war plötzlich stockdunkel, auch in seinem Zimmer war das Licht ausgefallen. Einer der üblichen Stromausfälle, wie sie in Italien immer wieder vorkommen. Irgendwo hatte sich wohl ein Gewitter zusammengebraut und ein Blitz hatte eine Leitung getroffen. Im Normalfall flackert die Beleuchtung dann kurz und es passiert weiter nichts. Diesmal schien aber eine echte Beschädigung eingetreten zu sein. Es blieb stockdunkel. Unter ihm auf dem Platz glommen die ersten Kerzen auf.

Erstaunlich, das Gesprächsgesumme ebbte nach dem Stromausfall nur kurz ab, brauste dann erheblich lauter wieder auf, um anschließend mit dem üblichen Stimmengewirr fortzufahren. War das schon die erste negative Folge der Mütze auf dem Bett oder handelte es sich hier um ein weiteres Omen unbekannter

Bedeutung? R.H. verharrte reglos auf seinem Platz und versuchte, in der Dunkelheit die Menschen zu erkennen. Es war nicht möglich, kein Mondlicht erhellte den Platz. Nach etwa einer Viertelstunde flammten die Lichter wieder auf. Das Stimmengesumme schwoll kurz an. R.H. sah wieder den Menschenstrudel. Arbeit wartete noch auf ihn. Zum Glück hatte er seinen Computer noch nicht vor dem Stromausfall angeschlossen, aber jetzt musste er seinen Vorstandskollegen noch einen Erfolgsbericht mailen. Er fand den Internetanschluss und begann zu tippen.

Klar, es war die erste Erfolgsmeldung und jeder zweite Satz begann mit den Worten R.H. sagte dies, R.H. sagte das, es wimmelte von R.H.s, so war er eben. Von Gesine erwähnte er nur, wie nützlich sie sein würde für eine erfolgreiche Verhandlung. Danach legte er sich erschöpft ins Bett und schlief endlich einmal traumlos durch.

Der nächste Tag begann wie üblich in Italien mit einem Minifrühstück, ungewohnt für einen wie ihn, der an herzhaftes Brot mit Honig gewöhnt war. R.H. aber war viel zu aufgeregt um sich darüber zu beschweren.

Wichtiger war die Überlegung, wie mit dem Bürgermeister zu argumentieren sei. Natürlich konnte man nicht alle Karten auf den Tisch legen und von den geplanten Großprojekten sprechen. Wichtig war heraus zu bekommen, wie die generelle Einstellung der Gemeinde zu größeren Veränderungen sei und natürlich die Grundeigentümer zu ermitteln. Das würde er hauptsächlich Paolo überlassen, der ja Italiener war und den Bürgermeister kannte. Mit Paolo redete R.H. in gebrochenem Englisch. Fast jeder Italiener spricht englisch, aber wie!? Ein anderer Gedanke schwirrte R.H. noch durch den Kopf, er konnte Gesines Augen nicht vergessen. Er wollte sie unbedingt beeindrucken, aber womit? Nur beeindrucken wollte er sie, denn er war ja verheiratet.

Wenn ihm weitere Schritte verwehrt waren, so wollte er sie doch zu seiner Muse machen, die ihn anfeuert und auf glückliche Ideen bringt. Sein Plan war einfach. Er war ja der Hohepriester der Meridianer, das musste doch ein Hebel sein. Nur zu beeindrucken war sein Plan, aber etwas Spaß wollte er auch haben.

R.H. war pünktlich zum verabredeten Zeitpunkt vor dem Rathaus. Von Gesine und Paolo war noch keine Spur zu sehen. Das Rathaus von Agritento lag an einer recht engen Gasse. Marmorne Wappentafeln zierten die leicht bröckelnde Fassade des zweistöckigen Gebäudes. Auf einer Jahrestafel entzifferte er die Jahreszahl 1944 und das Wort „Americana". Vielleicht eine Erinnerung an die Landung der Amerikaner. Auf der gegenüberliegenden Straßenseite wuchtete eine Kirchenfassade. Die große Eingangstür allerdings war verschlossen. R.H. kehrte um und betrat das Rathaus, die kleine Eingangshalle präsentierte sich weiß und schmucklos. Hinter einer Fensterscheibe blätterte eine Rathausangestellte in einem Papierstapel, ohne zu ihm aufzublicken. Er blieb einen Moment unschlüssig stehen, dann verließ er die Eingangshalle wieder, um draußen auf Gesine und Paolo zu warten. Die Sonne schien schon wieder strahlend.

R.H. zog seinen Pullover aus und schwang ihn sich über die Schulter. Ein Blick auf die Uhr, 20 Minuten schon über die Zeit. Besucher der Gemeinde mit Akten unter dem Arm gingen an ihm vorbei, ohne ihn zu beachten. Er fing an, den abblätternden Putz der Fassade zu studieren. Man konnte an mehreren Stellen genau die verschiedenen Anstriche der Vergangenheit erkennen. Aus der Dachrinne hoch über ihm spross ein kleiner Baum und über die Fassade liefen dicke Kabelstränge, die teilweise im Gemäuer verschwanden, teilweise zu den Nachbargebäuden weitergeleitet waren. Alles ganz schön verwirrend.

Er musste sich nach einer halben Stunde Wartezeit eingestehen, in einer anderen Welt zu sein. Endlich sah er Gesine und Paolo am Ende der Straße ohne große Eile auf ihn zukommen. Paolo wunderte sich über R.H.s leichte Verstimmung und schob ihn durch die Eingangstür in die Empfangshalle, vorbei an der Angestellten hinter dem Glasfenster, die auch diesmal nicht aufblickte und immer noch in irgendwelchen Papieren blätterte, eine Treppe hoch in einen langen schmalen Gang mit 3 Stühlen vor einer Zimmertür. R.H. und Gesine setzten sich, Paolo verschwand im Vorzimmer des Bürgermeisters.

Nach kurzer Zeit kam er wieder mit dem Bescheid: Der Bürgermeister sei noch in einer wichtigen Besprechung, sie müssten sich noch gedulden. Paolo belegte den dritten Stuhl und redete mit Gesine eine Weile italienisch. R.H. verstand kein Wort, aber er versuchte, die neben ihm sitzende Gesine in ein Gespräch zu ziehen. Gesine sprach sehr gut Englisch und er erfuhr von ihrem Mathematikstudium. R.H. fing an, in seinem holprigen Englisch von den Meridianern zu erzählen.

Gesine fand Richard Himmels Erzählungen fesselnd. Seine Worte über außerirdische Kraftquellen und seine Theorien über verlängertes Leben durch Vegetariertum deckten sich voll mit ihren Ansichten und sie verstand ihn, obwohl sie seine Worte nur in gebrochenem Englisch erreichten. R.H. wiederum war von Gesines Nähe begeistert. Sie trug ein enganliegendes schwarzes Kleid, das ein kleines Speckröllchen an der Hüfte erkennen ließ und Riemen-Stöckelschuhe. Ihre Fingernägel hatte sie heute besonders sorgfältig mit winzigen sizilianischen Emblemen geschmückt und ihre sonst sehr schmalen blassen Lippen glänzten heute in feuchtem zartrosa Lippgloss. Für sie alles keine Kunst, denn sie betrieb in Florenz ja ein gut gehendes Nagelstudio, weit weg von ihrer Ausbildung als Mathematikerin. Immerhin waren ihr von Ihrem Studium her ansatzweise eine gewisse Gedankenorganisation und Abstraktionsvermögen geblieben.

Während R.H. und Gesine über die Meridianer redeten, ging Paolo den schmalen Gang unruhig auf und ab, von den Stühlen bis zum Kopiergerät am Ende des Ganges und zurück. Manchmal blieb er an dem einzigen Fenster des Ganges stehen und betrachtete den verwinkelten Innenhof und das Nachbargebäude, an dessen Fassade ein zerfressenes Regenrohr in die Tiefe strebte, neben sich gelbe Spuren überlaufenden Regenwassers. Endlich das Zeichen aus dem Büro, der Bürgermeister ist frei.

Der Sindaco von Agritento mit Namen Unberto Simoncani, bekannt als Frauenheld, immer perfekt gekleidet mit Schlips und Kragen, natürlich Rasierwasserduft und von korpulenter Statur. Nach kurzer Begrüßung gleich der Hinweis, er habe wenig Zeit. Gesine wird mit einem Handkuss begrüßt, in dieser Stellung sind seine Gesichtszüge nicht erkennbar. Er bewundert sofort Gesines kunstvoll lackierte Fingernägel und fängt die Symbole auf ihren Nägeln an zu erklären. Gesines Hand behält er dabei in der seinen und zeigt sich zunehmend begeistert von ihr. Dann trennt er sich doch von ihr und nimmt in dem voluminösen Ledersessel hinter seinem Schreibtisch Platz, ohne seinen Wortschwall zu unterbrechen. Von Paolo, seinem ehemaligen Klassenkameraden, nimmt er nur kurz Notiz.

Er redet nun über die langanhaltende Trockenheit der letzten Wochen, macht Gesine Komplimente über ihr Aussehen, Paolo und R.H. beachtet er kaum, bis Paolo seine Frage über die Grundeigentümer anbringen kann. Gegen einen Aufschwung des Tourismus habe er nichts einzuwenden, es sollte aber auch etwas für ihn heraus springen. Er kenne die Eigentümer des Platzes. Der Contadino sei vor kurzem verstorben. Jetzt würden Frau und Kinder den Besitz bearbeiten. Einzelheiten müssten sie aber beim Kataster erfragen. Er könne das aber auch für sie tun, weil der zuständige Mitarbeiter dort im Moment krank sei. Vielleicht könne er aber auch die Mitarbeiterin in der Registratur damit beauftragen, dann könne man sich ja am nächsten Tag zu einem gemütlichen Zusammentreffen im Strandcafé verabreden, wobei er aber auf jeden Fall Gesine dabei haben wolle, Termin sollte 20 Uhr am nächsten Tag sein.

Damit war das Gespräch beendet. Simoncani verabschiedete sich, er hätte die nächste Verabredung außer Haus. Und damit war er auch schon verschwunden, nur seine Rasierwasserduftwolke hing noch im Zimmer. R.H. hatte so gut wie nichts verstanden, aber Paolo machte sich auf die Suche nach der erwähnten Registratur. Sie war eine Etage tiefer im Erdgeschoß. Die Tür zu dem relativ kleinen Raum stand offen. R.H. sah zwei Schreibtische, auf denen sich Berge von Akten stapelten. Die Stühle hinter den Schreibtischen waren leer. Verwundert sah Paolo sich um, nichts rührte sich, also wieder warten.

Nach einiger Zeit öffnete sich am Gangende eine Tür. Eine ältliche Frau mit Espressotasse in der Hand kam auf die Wartenden zu, leicht verärgert über den unerwarteten Besuch. Hier kam Paolo jetzt gut ins Spiel. Er öffnete die halbgeschlossene Tür mit einer kleinen Verbeugung vor der Sachbearbeiterin und drückte ihr sofort sein Beileid für die Aktenberge auf ihrem Schreibtisch aus, die ja wohl kein normaler Mensch bewältigen könne ohne, vorher zu verzweifeln.

Die Sachbearbeiterin fühlte sich sofort verstanden und ihre vorher etwas finstere Miene hellte sich auf. Auf die Frage nach den gesuchten Grundeigentümern fielen ihr auch sofort die Namen ein. Ja, Luigi Peroni würde das Gelände gehören. Er wäre Landwirt und Künstler gewesen. Mit seinen Eisenskulpturen hätte er einige

Plätze und Brunnen von Agritento verschönert. Aber er wäre leider vor etwa einem Jahr an Krebs gestorben. Seine von ihm getrennt lebende Frau und seine zwei Kinder würden am Ortsrand von Agritento wohnen und finanzielle Probleme haben. Paolo war über diese Auskunft sehr froh, er bekam auch noch die Adresse, wofür er sich mit großer Höflichkeit und einer Reihe von Komplimenten bedankte.

Eigentlich war der Besuch doch ganz erfolgreich gewesen. Zwar mussten sie unbedingt den Sindaco auf ihre Seite bringen und neben der Bemerkung, für ihn sollte auch etwas herausspringen, hatte er auch gesagt, dass wohl einige Hindernisse zu überwinden wären. Vielleicht konnte man den Sindaco bei dem morgigen Gespräch etwas mit Gesine allein lassen, denn die Aufmerksamkeiten des Sindaco für Gesine waren Paolo nicht entgangen.

Diesen Gedanken verschwieg er Gesine, aber als Kenner des Seelenlebens von Behördenbossen verstand er den Hinweis, hier sollten gewisse Opfer auf sexuellem Gebiet erbracht werden. Paolo kannte Gesine seit längerer Zeit und er überlegte, ob das wohl möglich wäre. Er führte mit Gesine ein relativ enthaltsames Zusammenleben. Gesine hatte ihm erzählt, seit der Geburt ihres einzigen Sohnes hätte sie ein sexuelles Trauma, das sie bis heute verfolgte. Sie hatte sich mit absoluter Hingabe ihrem Kind gewidmet und seit Jahren keinen Mann mehr gehabt. Allein der Gedanke an eine körperliche Vereinigung würden ihr seitdem Übelkeit erregen. Küssen und Berührungen ja, mehr aber nicht.

Paolo respektierte Gesines Abneigung gegen derartigen Sex. Er wusste von ihrer totalen Fixierung auf Otis, ihren Sohn. Gesines Mann hielt das anfangs für eine vorübergehende Marotte. Für Gesine war es aber ein neuer Lebensabschnitt: Alles für meinen Sohn, nichts für meinen Mann. Als sich auch nach längerer Zeit an Gesines Einstellung nichts geändert hatte, stellten beide fest, sie hätten sich auseinandergelebt und es kam zur Trennung. Gesine war ihrem Charakter entsprechend auch zu keinen Kompromissen bereit. Als Mutter eines minderjährigen Kindes gab das italienische Gesetz ihr auch die Waffen in die Hand, ihre Vorstellung hundertprozentig durchzusetzen. Paolo war deshalb nicht sicher, wie sie den eventuellen Antrag des Sindaco aufnehmen würde. Seine Hoffnung war, ihr das im Namen des großen Vorhabens, vielleicht auch im Hinblick auf später anzuerkennende Verdienste durch die Meridianer, schmackhaft machen zu können.

R.H. hatte von den unterschwellig laufenden Absichten so gut wie nichts mitbekommen. Er fühlte sich allerdings zu Gesine stark hingezogen. In seinem Hotelzimmer angekommen quälten ihn die Gedanken eines brennenden Begehrens, Gesine näher zu kommen einerseits, andererseits sein Treueschwur seiner Frau gegenüber. Endlich gegen Mitternacht kam ihm die erlösende Idee. Gesine könnte seine Muse werden, sie beflügelte seine Malervorstellungen schon jetzt. Mit welcher Begeisterung könnte er einen Halbakt von Gesine malen, und obwohl er Gesine noch nicht einmal im Badeanzug gesehen hatte, fing er an, sich ihre Figur vorzustellen und ihre glatte Haut. Im Geiste mischte er schon die Pastellfarben vor seiner Staffelei. Die Frage, ob es auch mehr als ein Halbakt sein könne, ließ er für sich erst einmal offen, so im Unterbewussten schloss er es aber auch nicht kategorisch aus. Vielleicht könnte man Gesine gewinnen, ihr Portrait oder einen Teil- oder Vollakt den Meridianern bei ihrer Ankunft zu übergeben, damit sie einen Eindruck von der Schönheit des menschlichen Körpers hätten.

Von all dem ahnte Gesine nichts, sie saß mit Paolo im Strandcafé beim Eis. Paolo hatte allerdings am Nachmittag noch vor, Luigi Peronis Tochter Allegra in der Bar Garibaldi an der Piazza Roma zu besuchen, um sich mit ihr zu unterhalten und erste Informationen über die Grundstücke zu erhalten. Er ließ deshalb Gesine in ihrem Liegestuhl am Strand zurück und fuhr die wenigen Kilometer nach Agritento. Die Bar Garibaldi war leicht zu finden.

Er setzte sich an einen der kleinen Tische. Am frühen Nachmittag war noch nicht viel los, einige Einheimische standen an der Bar bei einem Espresso. Einen von ihnen erkannte er, auch der Name fiel ihm ein: Bernardo. Er hatte ihn bestimmt einige Jahre nicht gesehen. Damals hatten sie in Bankgeschäften miteinander zu tun gehabt. Bernardo brauchte Geld für ein eigenes Haus. Paolo hatte das für ihn durchgeboxt, denn Bernardo hatte damals kaum Sicherheiten zu bieten. Als Bernardo sich an der Theke einmal umdrehte, erkannte er nach kurzem Stutzen Paolo, freudig ging er auf ihn zu und sie begrüßten sich in alter Herzlichkeit. Paolo hatte einen Cappuccino bestellt und die Bedienung nach Allegra gefragt, die wusste aber nur, Allegra sei im Moment nicht da. Bernardo hatte sich zu Paolo an den Tisch gesetzt und Paolo erkundigte sich nach Bernardos Hausbau. Er hätte kein schlimmeres Thema wählen können. Bernardo war Bauingenieur für Hafenbecken und Wasserstraßen geworden.

Von Geburt an hatte er einen Augenfehler, nur Eingeweihte wussten, mit welchem Auge er seinen Gesprächspartner ansah. Durch zu viel Rotwein war er korpulent geworden. Damals, als er mit Paolo den Hausbaukredit durchgesetzt hatte, stand er vor einer hoffnungsvollen Karriere als Jungunternehmer. Mehrere gute Aufträge machten ihn damals sehr zuversichtlich, seine Firma florierte und er hatte mehrere Angestellte. Mit der Gemeinde Agritento hatte er als seinem Auftraggeber ein gutes Verhältnis. Aber just als er die Aufträge am nötigsten gebraucht hätte, versagte ihm die Gemeinde die Zuschläge für einen größeren Hafenausbau.

Bernardo hatte in Erwartung dieser über mehrere Jahre laufenden Aufträge erhebliche Summen in Maschinen investiert. Seine Firma geriet dadurch in finanzielle Schwierigkeiten und ging in Konkurs. Die Maschinen mussten mit Verlust verkauft werden und das damals für ihn und seine Familie geplante Haus stand seitdem als trauriger Rohbau in der Landschaft. Schuld an seinem Desaster gab Bernardo dem Bürgermeister Simoncani, den er vor der damaligen Auftragsvergabe wohl seiner Meinung nach nicht ausreichend an den zu erwartenden Geldern und Gewinnen beteiligt hatte.

Seit damals war er wirtschaftlich nicht mehr auf die Beine gekommen und in seinem Herzen hegte er abgrundtiefen Hass gegen Simoncani, der sich jedes Mal noch steigerte, wenn er an der Bauruine seines geplanten Wohnhauses vorbei kam. Er wünschte Simoncani die Pest an den Hals und wusste nicht, wie er sich bei einem unerwarteten Treffen mit dem Bürgermeister verhalten würde, er war im Laufe der Jahre sein Todfeind geworden. Dies alles hatte er Paolo geschildert und der Hass war in seinen Augen zu erkennen. Bernardo hatte es so geschildert, als habe Simoncani sein Leben zerstört. Paolo kannte Bernardo als rachsüchtigen Mann. Wegen einer Beleidigung hatte er einen seiner Brüder mit einer Falschaussage hinter Gitter gebracht. Zu allem Überfluss hatte sich auch seine Hoffnung auf eine größere Erbschaft zerschlagen und auch die auf sein Teilerbe hatte sich noch nicht erfüllt.

Seine drei Töchter waren ihm auch keine große Hilfe. Mit Mühe hatte er den beiden Älteren eine Ausbildung finanziert aber beide hatten geheiratet. Eine von ihnen lebte in Syrakus, die Ältere hatte einen römischen Unternehmer geheiratet, über dessen Geschäfte wenig bekannt war. Nur die jüngste seiner Töchter war sein ganzer Stolz. Auf der Schule hatte sie immer zu den besten gehört und mit ihrer Ausbildung in Art und Design hatte sie eine gute Anstellung bei der hiesigen Behörde bekommen und war zuständig für die Kunstausstellungen des Ortes und alle Fragen von Kunst und Kultur. Bernardo seinerseits verbrachte die meiste Zeit im Garibaldi und zweimal wöchentlich in der Palästra zum Muskeltraining, denn tagsüber frönte er oft der italienischen Leidenschaft Rennrad zu fahren.

Trotzdem hatte Paolo den Eindruck, einen verbitterten Mann vor sich zu haben.

Nach diesem Bericht konnte Paolo ihn auf Allegra ansprechen und Bernardo wusste wesentlich mehr als erwartet. Allegra sei auch Bedienung im Garibaldi. Sie sei bis vor einem halben Jahr Angestellte der Gemeindeverwaltung gewesen. Böse Zungen würden munkeln, sie habe ein Verhältnis mit Simoncani, dem Bürgermeister gehabt. Simoncani hätte das Verhältnis aber beendet und sie wäre entlassen worden. Bernardo deutete die Straße hinunter. Da kommt Allegra. Paolo sah eine junge Frau mit langen dunklen Haaren und in weitem Kleid. Sie ging etwas mühsam, fast konnte der Eindruck einer Schwangeren entstehen. Sie sah Bernardo, mit dem sie eine lockere Freundschaft verband, am Tisch mit Paolo sitzen und begrüßte ihn. Bernardo machte sie mit Paolo bekannt, der sie bat, sich kurz zu setzen.

Allegra hatte ihre Arbeitspause genutzt um zum Frisör am Straßenende zu gehen. Jetzt saß sie bei den beiden Männern. Paolo war froh, so einfach mit Allegra in Kontakt gekommen zu sein und lud sie zu einem Kaffee ein. Allegra aber hatte wenig Zeit, sie musste ihre Kollegin ablösen. Gerade konnte er ihr noch sagen, er habe einige wichtige Fragen an sie, aber sie war schon weg und bei den anderen Gästen.

Von Bernardo erfuhr er noch, dass Alessandro, Allegras Bruder, von den Carabinieri gesucht wurde. Er stand im Verdacht, das teure Auto eines Touristen gestohlen zu haben. Der Verhaftung entzog er sich in sizilianischer

Manier durch Flucht. Es wurde vermutet, er würde sich auf einem der Boote im Hafen verstecken oder in den unwegsamen Hügeln hinter dem Ort. Alessandro gehörte wohl einer Jugendgang an, die ihn, wo er sich auch versteckte, mit dem Nötigsten versorgte. Paolo konnte beim Zahlen gerade noch fragen, ob er die Mama morgen zu Hause antreffen würde. Allegra nickte kurz und war schon wieder weg. Paolo fuhr zum Strandhotel zurück um Gesine abzuholen. Wie mit dem Bürgermeister verabredet, reservierte er noch einen Nebenraum für das morgige gemeinsame Abendessen.

R.H. hatte den Tag mit Planungen für die Bauvorhaben verbracht. Dem Sindaco konnte er natürlich nichts von der zu erwartenden Ankunft der Meridianer erzählen, das hätte die Planungen insgesamt gefährdet. Er plante die Empfangshalle als halbrundes Gewächshaus zu tarnen. Das Gewächshaus sollte mehrere Etagen haben. R.H. wusste aus seinen telepathischen Kontakten mit den Meridianern auch über deren Essgewohnheiten Bescheid. Die Hauptnahrung der Meridianer bestand im Wesentlichen aus Pilzen, die den irdischen Champignons sehr ähnlich waren und diese Champignons sollten im dunklen Untergeschoss des Empfangsgebäudes gezüchtet werden. Die Champignons sollten für etwa 100 Meridianer als Ernährung ausreichen.

Mit dieser maximalen Zahl rechnete R.H. beim ersten Besuch der Außerirdischen. Mit den Einnahmen aus der Pilz- und Gemüsezucht würden weitere Gebäude finanziert werden. Sollten weniger Meridianer beim ersten Besuch in der Besatzung sein, so könnten die überschüssigen Champignons auf dem Markt verkauft werden. R.H. stellte sich das Äußere der Meridianer entsprechend ihren Essgewohnheiten als farblos, unbehaart und pilzähnlich vor. Das sollte sich aber als Irrtum herausstellen. Auch über die Trinkgewohnheiten war ihm etwas bekannt. Meridianer trinken doppelt depolarisiertes reines Wasser, magnetisch neutralisiert. Anlagen für die Herstellung derartigen Wassers hatte er auf Messen mehrfach gesehen. Wasser mit der Erinnerung an die lange Reise durch die Erdtiefen bis zur Quelle wären Gift für die außerirdischen Meridianer.

Da auch für die Pflanzen der oberen Etagen des Gewächshauses Wasser benötigt wurde, ließ sich dieses modifizierte Wasser sicher durch geringe technische Änderungen der ohnehin erforderlichen Wasseraufbereitungsanlage herstellen. Ja, R.H. war nicht nur ein Ästhet, er dachte auch an alles. Die nach Süden gerichtete Abschlusswand des Halbrunds des Gewächshauses sollte versenkbar sein und sich ohne größeren Aufwand in ein amphitheaterähnliches Empfangsgebäude umwandeln lassen. Umgeben von Notizblättern und wilden Gedanken schlief R.H. ein.

Nach dem wie üblich schwachen Frühstück trafen sich R.H., Paolo und Gesine zum Besuch bei Maria Peroni. Bis zu dem kleinen Dorf waren sie einige Kilometer auf einem staubigen Feldweg unterwegs. Etliche Schlaglöcher sorgten für Unterhaltung. Sie erreichten das aus alten Häusern bestehende Dorf bei beginnender Mittagshitze. Gleich das erste kleine Gebäude am Ortsrand zeichnete sich durch kunstvolle

Eisenskulpturen an der Fassade aus. R.H. wusste von den künstlerischen Ambitionen von Luigi Peroni, und so vermuteten sie zu Recht am Ziel zu sein.

Auf ihr Klopfen kam von innen ein „Vieni!", und ein weiteres Vieni! leitete sie über einen dunklen Flur in eine Küche. Dies war der Lebensmittelpunkt der Maria Peroni. Meistens brannte im verrußten Kamin ein Feuer aus klobigen Holzscheiten, so auch heute. Die Einrichtung war ärmlich und uralt. Ein durchgesessener Sessel mit einer darübergelegten Uraltdecke vor dem Kamin, dies war Marias Lese- und Schlafplatz. An den Wänden reihten sich etliche Hängeschränke. Ein Gasherd und eine Anrichte mit der alten Aluminium-Espressomaschine komplettierten die Einrichtung. Die Hausfrau stand mit Arbeitskittel und schweren Schuhen am Herd, eine Wollmütze auf dem Kopf, und sah den Besuchern nicht gerade freundlich entgegen.

Paolo stellte sich und seine zwei Begleiter vor und fing sogleich an über die romantische Gegend zu sprechen, vergaß auch nicht Komplimente über die Kunstwerke am und vor dem Haus einzustreuen. Danach wurde Marias Verhalten freundlicher, es schien, sie sei froh, eine Abwechslung zu haben und sie fing auch bald an von ihrem harten Leben zu erzählen.

Bis vor kurzen hatte sie einen Backofen betrieben und mit ihrem schmackhaften Brot den Ort und sogar die weitere Umgebung versorgt. Jetzt aber wäre ihr das sehr frühe Aufstehen zu anstrengend geworden und sie hätte das Geschäft abgegeben. Ihren Sohn hätte sie schon seit Wochen nicht mehr gesehen. Die Polizei suche ihn. Und die Tochter Allegra würde sie nur von Zeit zu Zeit sehen, weil sie immer früh ins Bett ginge. In letzter Zeit ginge es ihrer Tochter auch gesundheitlich nicht gut, sie litte auch an Übelkeit, und Schuld daran wäre mit Sicherheit der Sindaco von Agritento, der ihrer Tochter übel mitgespielt hätte und er hätte durch sein Verhalten die Familienehre besudelt. Dieser Mafioso hätte nur Unglück über die Familie gebracht. Sie vermutete, er hätte ihre Tochter verführt, denn vor einem halben Jahr hätte sie wohl ein geheimes Verhältnis mit ihm gehabt. Aber dann wäre die Frau des Bürgermeisters dahinter gekommen und hätte ihn gezwungen, das Verhältnis zu beenden. Ihre Tochter würde unter den unklaren Verhältnissen fürchterlich leiden und sich mit Selbstmordgedanken tragen. Und ihr einziger Sohn würde vom Bürgermeister verfolgt werden. Die Beschuldigung, er habe ein Auto gestohlen, stimme nicht, aber eine Falschaussage von irgendwelchen Freunden hätte den Verdacht auf ihn gelenkt und deshalb wäre er geflohen.

Vorher hätte er dem Bürgermeister wegen seiner Schwester und der falschen Beschuldigung noch Rache geschworen. Und so wie sie ihren Sohn kenne, würde er das auch durchführen ohne an die Folgen zu denken. Die Situation wäre ein großes Unglück für die Familie. Ihre Grundstücke blieben brach liegen. Die Olivenbäume würden weder gepflegt noch bearbeitet. Es wäre rundum eine Katastrophe und sie würde den Sindaco verfluchen. Auch das Dach wäre undicht seit dem letzten großen Sturm. Immerhin, der Fernseher ginge noch, ihr Hauptkontakt zur Außenwelt.

Paolo schien dies die beste Gelegenheit, wegen des Verkaufs von Grundstücken auf den Busch zu klopfen. Sie hätte doch so viel unbewirtschaftetes Gelände. Ein Verkauf eines Teils würde ihr doch die meisten Sorgen abnehmen. „Nein" war Marias Antwort, „Gelände wird auf keinen Fall verkauft. Seit vier Generationen ist es in unserem Besitz und selbst wenn nur Disteln und nutzloses Buschwerk dort wachsen würden, verkauft wird nicht."

R.H. hatte diese ablehnende Haltung mitbekommen. Auf keinen Fall durften sie sich so schnell geschlagen geben und seine Idee war es, Maria Beistand bei der Auseinandersetzung mit dem Sindaco zu versprechen und ihre Beziehung zu Rom ins Spiel zu bringen. Zwar kannte Paolo in Rom nur den Fahrer eines Beamten im Justizministerium, aber sie beförderten den Fahrer für ihre Zwecke zum Behördenleiter und versprachen Maria von höchster Stelle, sich für ihren Sohn einzusetzen.

Das lockerte die Atmosphäre etwas und Maria fragte, um welches Gelände es sich drehen würde, vielleicht käme man ja doch ins Geschäft. Paolo erzählte Maria noch von dem Treffen am Abend mit dem Sindaco im Strandhotel, nicht weit vom Hafen entfernt. Weil Maria zu tun hatte, verabschiedeten sich Paolo und seine Begleiter von ihr. Sie würden sich sicher in den nächsten Tagen nochmals sehen und Maria sollte sich den Verkauf noch mal durch den Kopf gehen lassen, sie würden einen guten Preis zahlen, Geld spielte keine Rolle, sie hätten in Deutschland etliche Leute mit viel Geld, die an außerirdischen Erscheinungen interessiert seien. Das verstand Maria aber nicht und sah nur etwas irritiert drein.

Auf dem Rückweg machten sie in der Bar Garibaldi Halt um etwas zu essen. Hier trafen sie auch wieder Bernardo. Auch ihm erzählten sie von dem Treffen mit Simoncani im Strandhotel. Bernardo wollte genau wissen, wann das Treffen stattfinden würde. Er wäre ja ohnehin öfter in der Nähe des Hafens, dort stünde sein halbfertiges Haus. Manchmal bei gutem Wetter würde er auch in dem Gebäude übernachten. Es fehlten zwar noch Wände und Fenster, aber mit etwas Phantasie könnte er sich schon vorstellen, wie es einmal sein könnte. Gut wäre das aber nicht für ihn, jedes Mal würde eine fast unbezähmbare Wut auf den Sindaco in ihm aufsteigen, der ihn ruiniert hatte. Er hoffe nur in diesem Zustand niemand zu begegnen, besonders nicht dem Sindaco.

Paolo, Gesine und R.H. waren inzwischen mit ihrem Essen fertig und verabschiedeten sich voneinander bis zum Treffen im Strandhotel. Zurück blieb ein finster dreinschauender Unberto. R.H.s Blicke folgten Gesine noch verzaubert, er konnte es nicht verhindern. Auf den Abend freute er sich aber außerordentlich, zwar auch wegen des Gesprächs mit dem Sindaco, aber am meisten berauschte er sich an dem Gedanken, neben Gesine sitzen zu können. R.H. machte Gesine noch den Vorschlag, ein Bad im Meer zu nehmen, aber Gesine lehnte ab, sie hätte noch etwas anderes vor. Er vermutete etwas mit Paolo. So blieb ihm nichts anderes übrig, als allein an den Strand zu gehen.

Die Schuhe hatte er ausgezogen und er spürte den warmen Sand an seinen Fußsohlen. Unwillkürlich ging er schneller in Richtung Wasser. Er hatte die Hosenbeine hochgekrempelt und spürte den nassen, nachgebenden Sand und wie die ausleckenden Wellen seine Füße umspülten. Zwei Wellen später waren seine Spuren verschwunden.

Nein, so spurlos durfte sein Leben nicht enden. Die Strandseite hatte er schon erwandert, die andere Richtung zum kleinen Bootshafen in der nächsten Bucht war ihm noch unbekannt. Er beschloss die Hafenrichtung zu erforschen. Ein kurzes Stück konnte er noch durch den feinen Sand laufen. Dann musste er seine Schuhe wieder anziehen, der schmale Wanderweg Richtung Hafen war steinig. An dieser Stelle reichte der Ufersteilhang fast bis ans Wasser. Der Sandstrand verwandelte sich abrupt in eine Steinküste, bestens geeignet für Angler, die auf den großen Steinen trockene Sitzplätze hätten. Der Wanderweg führte scharf um die Küstenspitze herum. Das dahinter liegende Gelände bildete einen großen Bogen, die Steilküste flachte etwas ab und an den nicht mehr so steilen Hängen sah man wie hingeklebt einige Häuser. Eins davon musste Bernardo gehören. In der Tiefe der Bucht lagen die Fischerboote und einige Yachten in malerischem Durcheinander.

R.H. kam der Stelle mit dem Rohbau näher. Konnte das Bernardos Traumhaus sein? Er hatte davon gehört, dass nach italienischen Gesetzen ein Haus, das schon ein Dach besaß, auch wenn es noch ein Rohbau oder sogar ein Schwarzbau war, nicht mehr abgerissen würde. Der eigentliche Ort Agritento lag etwas entfernt auf dem Hochplateau. Ihm fiel ein, als er die Boote betrachtete, hier in einem der Boote sollte ein mögliches Versteck von Alessandro, Marias polizeilich gesuchtem Sohn, sein. Seiner Ansicht nach wenig wahrscheinlich, aber auch nicht unmöglich. Vielleicht hielt er sich ja als Angler verkleidet in der Gegend auf. Eine Weile beobachtete er die beiden Angler auf der kleinen Mole. Sie rührten sich nicht, wahrscheinlich kein guter Tag für sie. Immer wieder kreisten seine Gedanken jedoch um den kommenden Abend. Warum war der Sindaco Simoncani so schnell zu diesem Treffen bereit gewesen? Was war sein Interesse? Wollte er mehr über Alessandros Aufenthalt erfahren, er wusste ja von dem Besuch bei Maria, Alessandros Mutter. Oder nutzte er nur die Möglichkeit, Gesine Getrommel, einer sehr anziehenden Frau, näher zu kommen und eine weitere Eroberung zu machen? War es die Neugier, mehr über die Kaufabsichten der drei Besucher Paolo, Gesine und R.H. zu erfahren?

R.H. fühlte sich bei der Beurteilung der örtlichen Verhältnisse unsicher. Weder kannte er die hiesigen Gepflogenheiten beim Grundstückkauf, noch verstand er die Landessprache gut genug und so blieben ihm auch die Zwischentöne der Gespräche verborgen. Vom Meer her blies jetzt ein kühler Wind, es würde wohl keine Nacht für eine Strandparty werden. Die Angler auf der Mole hatten sich immer noch nicht bewegt. Wahrscheinlich war das Meer schon leergefischt. Er trat den Rückweg an. Hinter der Landzunge konnte er schon die Lichter des Strandcafés erkennen. Er ging schneller um nicht zu spät zu kommen. Seine Schuhe hatte er wieder angezogen, aber zwischen seinen Zehen spürte er noch die letzten Sandkörner. Simoncani hatte ein Nebenzimmer für die kleine Gruppe reserviert.

Paolo und Gesine saßen schon an einem Tisch und hatten sich den schweren Rotwein bestellt. Paolo hatte Jeans und ein kurzärmeliges Hemd an. Gesine war leicht winterlich gekleidet. Zu ihren Jeans hatte sie eine hochgeschlossene Bluse und darüber einen dicken, verwaschenen rosa Pullover an. Von ihren weiblichen Formen war nichts zu erkennen. R.H. war enttäuscht, als er sich zu ihnen setzte.

Sie begrüßten sich mit einem Hallo, R.H. hätte es gerne etwas inniger gehabt. Auch er bestellte sich eine Flasche Rotwein und fing dann auch gleich wieder an, von den geplanten Pilzkulturen zu erzählen, was auf Englisch relativ schwierig für ihn war und zu häufigen Rückfragen führte. Er saß Gesine gegenüber. Wieder faszinierten ihn Gesines blaue Augen. Er konnte einfach nicht verhindern sie anzusehen.

Simoncani allerdings hatte für sein Vorhaben einen ganz anderen Weg gewählt. In dem Strandcafé gab es einen Raum aus der Ursprungszeit des Gebäudes, einen alten gemauerten Raum von vielleicht 30 qm Größe, mit einem bemalten Deckengewölbe. Die Zeichnungen an der Decke erinnerten an ein Klostergewölbe, die aufgemalten Figuren waren verblichen, kaum kenntlich und von breiten Putzrissen durchzogen, die stümperhaft zugespachtelt waren. Erkennbar waren noch schleierverhüllte Frauengestalten vor einem Meerespanorama, was natürlich dem Klostereindruck widersprochen hätte. Die Farbe an den Wänden bröckelte teilweise. Zwei Fenster spendeten schwaches Licht. An den Wänden standen alte Stühle, zur Mitte hin ausgerichtet. Der Raum machte einen etwas unheimlichen, okkulten Eindruck.

Eine Ecke füllte ein Tisch, gedeckt mit Wein, Käseplatten und Gläsern. Diesen Platz hatte Simoncani für den Abend reserviert. Seine Frau und zwei befreundete jüngere Ehepaare begleiteten ihn. In diesem Raum sollte die Sitzung stattfinden, die ihm helfen sollte, das schwere Zerwürfnis mit seinen Brüdern zu klären und zu entspannen, das sein Seelenleben so sehr belastete, so erzählte er es. Seine Frau sollte den Abend mitverfolgen. Paolo, Gesine und R.H. waren als Mitspieler vorgesehen, die nicht anwesenden Problempersonen darzustellen, wobei keiner genau erkennen konnte, ob die ganze Inszenierung nur eine Show darstellte zur Kontaktaufnahme mit Gesine.

Eines der befreundeten Ehepaare hatte die Spielleitung übernommen. Er war gelernter Metzger, sie gehörte dem geheimen Zirkel der Hexen von Agritento an. In Gebetshaltung und unter Aufsagen mehrerer Mantras sollten die anwesenden Personen in die entsprechende spirituelle Stimmung versetzt werden. Mehrere flackernde Kerzen ließen Schatten über das Gewölbe tanzen. Gesine, für Außerirdisches sehr empfänglich, geriet geradezu in Verzückung und auch R.H. hielt die Kommunikation mit den geliebten Meridianern auf diese Weise für sehr wahrscheinlich.

Simoncani hatte dieses Spiel schon öfter veranstaltet. Er
verteilte auf die Anwesenden die Rollen der Personen,
mit denen sie sich zu identifizieren hätten, um auf diese
Weise den Gründen des Zerwürfnisses auf die Spur zu
kommen. Einmal belastete ihn das Zerwürfnis mit
seinen Brüdern tatsächlich. Aber davon abgesehen hatte
er dieses Spiel erfunden, um unter Aufsicht seiner Frau,
die in ihrem Vorleben Hexe gewesen zu sein glaubte, in
dem aktuellen Leben aber ausgesprochen eifersüchtig
war, mit anderen Personen, speziell Frauen für die er
sich begeisterte, in körperliche Berührung zu kommen,
ohne Argwohn bei seiner Frau Pareta zu erregen. Auf
ihr Wohlwollen konnte er aber auf keinen Fall
verzichten, denn ohne ihre Unterstützung wäre er nie
Bürgermeister von Agritento geworden. Er durfte es
sich also mit ihr nicht verscherzen, sie war in mehreren
örtlichen Vereinen Vorsitzende und auf die Stimmen
war er bei der nächsten Wahl angewiesen. Außerdem
war sein Schwiegervater, ein ehemaliger Bürgermeister
von Agritento, immer noch einflussreich, man sagt ihm
sogar Kontakte zur Mafia nach. Über ihn hätte seine
Frau ihm das Leben zur Hölle machen können, wenn es
nicht sogar gefährdet gewesen wäre.

So hatte er diese Sitzungen erfunden, bei denen er
Personen seiner Sympathie näher kam, denn zum
Höhepunkt der Sitzung wurden die von ihm
ausgewählten Mitspieler in einen Nebenraum geführt, in
dem sie über Ihre Gefühle ausgefragt wurden, die das
Spiel bei Ihnen hervorgebracht hatte. In diesem
Nebenraum kam es dann auch zu körperlichen
Kontakten, denn der Energiefluss zu den Befragten
musste ja hergestellt werden und mit Gesine hatte er

hier leichtes Spiel. Gesine, ohnehin allem Okkulten zugetan, fühlte sich zum Medium erhoben, ja sie konnte in diesem Zustand sogar Orgasmen erleben.

Nachdem Simoncani mit Gesine im Nebenraum verschwunden war um sie über die erlebten Gefühle zu befragen, hielt er ihre Hände lange fest, versenkte sich in ihre Augen und ließ seine Hände von Ihren Hüften hinabgleiten bis zu den Zonen körperlicher Erregung. Gesine, ganz hingerissen von ihrer medialen Funktion, bemerkte von dieser Annäherung nichts, redete aber wie in Trance von Kommunikation mit Außerirdischen, die auch in solchen schwierigen Situationen Beistand und Hilfe leisten konnten. Erst als Simoncani seine Hand zwischen ihre Beine legte, kehrte etwas Wirklichkeit in ihre Wahrnehmung zurück.

Durch einen Luftzug hatte sich die Tür so weit geöffnet, dass sowohl Pareta wie auch Paolo das Geschehen im Nebenraum sehen konnten. Beide waren entsetzt und in Pareta, die bisher das Geschehen im Nebenraum als notwendige spirituelle Separation geschildert bekommen hatte, sah nun den handfesten Sex ihres Mannes und die Eifersucht brach aus ihr heraus wie bei einem Vulkanausbruch. Wie eine Furie rannte sie aus dem Zimmer, das Seelenheil ihres Mannes verfluchend, der ihr schon oft dieses Theater vorgespielt hatte, wohl immer nur mit dem Ziel zum Sex zu kommen. Paolo war in sich zusammengesunken, er war über das Gesehene erschüttert. Ja, er wusste, dass Gesine frigide war, nur selten war es ihm gelungen ihre Gefühlskälte zu durchbrechen. Zu sehen wie Simoncani die Abwehr mit einem Trick überwunden hatte, deprimierte ihn zutiefst.

Um zu retten was noch zu retten war, unterbrach der Metzger das Spiel. Er versuchte Pareta zu finden um sie zu beruhigen. Alle Teilnehmer an der Sitzung liefen hinaus um sich an der Suche zu beteiligen. Es war inzwischen dunkel geworden. Ein heftiger Wind blies vom Land auf das Meer hinaus. Wolkenfetzen zogen am Vollmond vorbei und schufen Lichtspiele zwischen Hell und Dunkel. Geisterhaft liefen die Suchenden am Strand hin und her und immer wieder hörte man den Namen Pareta rufen.

Auch R.H. hatte sich an der Suche beteiligt, anfänglich war er Simoncani gefolgt, der Richtung Bootshafen am Strand entlang gelaufen war. Wegen der Dunkelheit wollte er sich aber nicht zu weit vom Strandhotel entfernen und ließ Simoncani bei der Suche allein. Leider, wie sich später herausstellte, denn so wurde er nicht Zeuge der Geschehnisse dieser Nacht.

Die Nacht war immer noch gespenstisch. R.H. stolperte über die letzten Steinbrocken in der milchmonderhellten Dunkelheit. Endlich begann der Sandstrand. Er blieb einen Moment stehen um sich zu orientieren.

Das Café war noch ein gutes Stück entfernt aber schon deutlich zu erkennen. Über dem Meer lag eine bleischwere, drückende Dunkelheit. Die Steilküste wurde immer wieder vom Mondlicht fahl erleuchtet, um anschließend wieder in nachtschwarzer Dunkelheit zu versinken. In einem der monderhellten Momente konnte er ein Stück hinter sich eine hell gekleidete Gestalt erkennen, die schwankend näher kam. Er wartete, es war Gesine Getrommel. Einen kurzen Moment leuchtete er sie mit der Taschenlampe an. Ihm schien ihr Kleid zerrissen und als der Lichtstrahl über ihre Gestalt glitt, hatte er den Eindruck, Blut an ihrer Hand gesehen zu haben. Einen Moment stand Gesine vor ihm, dann sank sie in den weichen Sand, versuchte aber sofort wieder aufzustehen, R.H. half ihr dabei.

Was war passiert? Wieder war es stockdunkel. Er wagte nicht zu fragen aber wilde Gedanken schossen durch seinen Kopf, während er Gesine stützte und sie langsam zurückgingen. Endlich fragte er doch, wo sie sich so zerschunden hätte und Gesine antwortete, sie sei im Dunkeln gestürzt und hätte sich verletzt. Er fragt nicht weiter, konnte sich aber das zerrissene Kleid und das Blut an der Hand damit kaum erklären. War Gesine möglicherweise überfallen worden, hatte man sie gar vergewaltigt? Er strich diese wilden Gedanken, alles würde sich harmlos klären lassen. Langsam kamen sie dem Strandcafé näher. Sie waren wohl stundenlang während der Suche unterwegs gewesen, von den anderen Gästen war weit und breit nichts mehr zu sehen.

Das Café hatte inzwischen geschlossen. R.H. ging die drei Stufen auf die Terrasse des Cafés und zog Gesine hinter sich her. Er wunderte sich, selbst Paolo, Gesines Partner, war nicht mehr da. Er rückte einen der Korbsessel für Gesine zurecht, die sich auch mit einem leichten Stöhnen setzte. Stöhnen hatte er bei ihr schon öfter gehört. Ihm kam der Spruch: „Lerne stöhnen ohne zu leiden" in den Sinn. Diesmal war das Stöhnen aber wohl berechtigt.

R.H. nahm sich einen der anderen Sessel. Das weiche Polster im Sessel förderte die Entspannung, er streckte die Beine von sich. Ja, eine kleine Ruhepause wäre jetzt schön. An eine Unterhaltung mit Gesine war ohnehin nicht zu denken, ihr Kopf war leicht zu Seite gefallen, sie schien bereits zu schlafen. Eine wohlige Müdigkeit überfiel ihn, war es der Rotwein, war es die Anstrengung, die Füße taten ihm weh, aber die warme Luft an seinem windgeschützten Sitzplatz war angenehm.

R.H. hatte eines der Sitzkissen über die Kopflehne gelegt und eine ganz bequeme Stellung gefunden. Er ließ sich einfach in seine Müdigkeit fallen, nur entfernt noch der Gedanke an die Suche nach Pareta, an Gesines blutige Hand, an den starken Wind am Meer und das gespenstische Mondlicht. Es musste schon weit nach Mitternacht sein, war einer seiner letzten bewussten Gedanken. Dann fingen wilde Träume an, ihn zu beherrschen. Hatten die Meridianer möglicherweise schon ihre Hände im Spiel? Ja, Simoncani konnte ein Hindernis auf dem Weg zum triumphalen Empfang der Außerirdischen bei den Erdlingen sein. Was, wenn sie den Bürgermeister von Agritento entrückt hätten? Entrücken, das wusste er, war die Methode der Außerirdischen, Hindernisse zu beseitigen. Seine Aufgabe war doch die Errichtung der Empfangsbauten auf den ihm bekannten Koordinaten. Das wäre sein Lebenswerk und allseitige Bewunderung wäre ihm sicher.

Undeutlich drang die Meeresbrandung in sein Bewusstsein und sie vermischte sich in seinem Traum mit dem Geräusch gigantischer Baumaschinen, die Erde zu dünenhohen Bergen auftürmten und Baukränen, die wolkenkratzergleiche Gebäude erschufen, aber beängstigend nah aneinander vorbei drehten. Verkehrsflugzeuge kamen wie an einer Perlenschnur aufgefädelt mit tausenden von Besuchern eingeschwebt und schmolzen nach der Landung durch die Energie der Außerirdischen zu kleinen Aluminiumhäufchen.
R.H. sah sein eigenes Denkmal vor der Empfangshalle der Außerirdischen stehen, aber es schien zu wanken und wie von Zauberhand bewegt versank es im Boden und hinterließ nur einen großen Sandtrichter. Prozessionen von Besuchern zogen in endlosen Reihen vor der Ehrentribüne der Meridianer vorbei.

Die Stimmen in seinem Traum wurden immer lauter, er versuchte ihnen zu entkommen. Als er widerwillig die Augen aufschlug, sah er zwei Gestalten in Uniform vor sich mit Mützen auf dem Kopf und roten Biesen an den Hosen. Er rappelte sich etwas in seinem Sessel hoch, eine der uniformierten Gestalten beugte sich etwas zu ihm runter und redete ihn mit „Signore", an, „ wie lange sitzen Sie schon hier im Sessel". „Seit gestern" murmelte R.H. und bekam zur Antwort „Molto bene". Was hatte das große Polizeiaufgebot am Strand zu bedeuten? Der Commissario sprach deutsch und übernahm das Gespräch. „Zwei Angler haben heute früh die Leiche unseres Bürgermeisters Simoncani mit einer großen Kopfwunde am Strand gefunden, sie sind als Tatverdächtiger eines Mordes in Haft genommen, wir

müssen sie vernehmen, bitte kommen sie mit." In einem
Auto der Carabinieri wurden R.H. und Gesine auf das
örtliche Polizeirevier gebracht.

Gesine protestierte erregt gegen diese Behandlung,
allerdings erfolglos. Immer noch klebte Blut an ihren
Händen, dem Commissario war es schon längst
aufgefallen. Auch das zerrissene Kleid hatte er bemerkt.
Unter normalen Umständen hätte R.H. die Nähe zu
Gesine genossen, aber die Umstände waren jetzt doch
äußerst ungünstig. Nicht nur, dass er sich unrasiert
fühlte, auch ohne zu duschen hätte er es schon
ausgehalten. Schlimmer war die Gefährdung aller seiner
Zeitpläne. Er hatte keine Ahnung, wie lange sie von der
Polizei festgehalten würden. Er sah seine meridianische
Mission gefährdet. Gesine war nicht ansprechbar, erst
auf dem Kommissariat änderte sich das, denn hier saß
schon Paolo neben einigen anderen Teilnehmern der
gestrigen Abendveranstaltung und wartete auf seine
Vernehmung.

Paolo hatte sich nicht lange an der Suche nach Pareta
beteiligt, hatte Gesine aus den Augen verloren und den
Spaß an dem abendlichen Abenteuer schnell verloren
und war in seine Pension zurückgekehrt. Um Gesine
hatte er sich keine weiteren Sorgen gemacht. Auch
Pareta saß schon im Vernehmungszimmer. Sie hatte
nach der seltsamen Vorstellung ihres Mannes, des
Bürgermeisters, sehr schnell den Heimweg angetreten
und im eigenen Bett geschlafen, so ihre Aussage.
Zeugen dafür konnte sie nicht benennen. Ihr wütendes
Verlassen des Cafés war dem Commisario bekannt,

vielleicht ein Mordmotiv? Ein Restverdacht blieb an Pareta haften.

Bei der Durchsuchung des Fischerhafens in der Bucht neben dem Strandcafé war der Polizei Marias Sohn Alessandro in die Hände gefallen. Auch er war verhaftet worden und wartete auf seine Vernehmung. Unweit des Tatortes war auch Bernardo aufgegriffen worden. Er hatte in seinem halbfertigen Haus übernachtet und sein Hass auf den Bürgermeister war allen bekannt. Auch ihn entdeckte R.H. in der Schlange der zu Vernehmenden. Zu R.H.s Bedauern zogen sich die Vernehmungen unendlich hin, Ergebnisse wurden auch nicht bekannt gegeben und so verging der Tag. Mit Bedauern eröffnete ihm der Commissario, diese Nacht müsse er auf der örtlichen Polizeistation verbringen, man könne bei ihm eine Flucht nicht ausschließen.

So wurde R.H. in einer einfachen Zelle mit harter Pritsche interniert. Gesine Getrommel sah er nur noch kurz, auch sie stand unter Tatverdacht und landete in einer anderen Zelle. Als junger Mann schon hatte er eine Gefängniszelle von innen sehen wollen, jetzt passte es ihm aber überhaupt nicht. Ohne Anwalt, ohne Sprachkenntnisse und ohne Geld im Portemonnaie, wie sollte er sich dagegen Mordverdacht verteidigen. Und wenn er einen Advokat gestellt bekam, so sprach dieser keine Fremdsprachen. Aus dem Fenster seiner Zelle konnte er den Kirchturm von Agritento erkennen, der Himmel war wolkenlos und der Verkehrslärm der Motorinos drang bis in seine Zelle.

Nur langsam verging ihm die Zeit. Gegen Abend wurden ihm eine Pizza und ein Getränk durch eine Klappe in die Zelle geschoben. Soviel hatte er von den Carabinieri verstanden: Morgen würde er dem Haftrichter vorgeführt. Er vermutete, auch Gesine Getrommel würde vorgeführt werden und wie lange würde alles in der langsamen Justiz dauern? In Gedanken ergriff ihn Panik. Er als Botschafter war doch für die termingerechte Errichtung der Empfangsbauten für die Meridianer zuständig. Und jetzt, er im Gefängnis, der Bürgermeister ermordet, ganz großer Mist. Noch dazu er neben Gesine, die die Carabinieri mit blutverschmierten Händen neben ihm gefunden hatten. Er, R.H., als Mitwisser oder Mittäter.

R.H. konnte aus seiner Zelle die ersten Sterne erkennen. Würden die Meridianer von seinem Schicksal erfahren? Er probierte die harte Liege aus. Ihm war klar, dies würde keine angenehme Nacht werden. Vor kurzem noch hatte er auf einer Festveranstaltung seiner Meridianer einen Vortrag zu seinem Leben halten können. Sehr detailliert war er dabei auf seine schwere Kindheit und Jugend eingegangen. Obwohl er ein ausgezeichneter Schüler gewesen war, musste er eine handwerkliche Ausbildung absolvieren, und das obwohl ihm sein Vater ständig gepredigt hatte, der Mensch beginne erst beim Akademiker. Und mit Fleiß und Ausdauer schaffte er es auch dahin. Aber die erhofften schnellen Erfolge blieben aus.

Dann aber bekam er zufällig Kontakt zu den Meridianern. Schnell fand er dort Anerkennung und Zuspruch. Hier entwickelte er auch seine Theorie über außerirdisches Leben. Sein Motto: Es gibt mehr Dinge zwischen Himmel und Erde, als wir sie uns vorstellen können. Über diese Gedanken vergaß er sein irdisches Schicksal und er wurde eins mit den Meridianern. Es gab sie, soviel war klar, das war auch durch Auspendeln bewiesen. Und sie hatten eine Entwicklungsstufe erreicht, die bei uns nur andeutungsweise zu erkennen war. So waren seine Gedanken. Dunkelheit herrschte jetzt vor seinem Zellenfenster. Eine Uhr hätte er nicht gebraucht, zuverlässig hörte er den Glockenschlag der nahen Kirchturmuhr. Er versuchte sich mit dem Gedanken an baldige Freilassung zu beruhigen. Es gelang ihm nur mäßig. Durch die Kontrollöffnung in der Zellentür fiel ein matter Lichtschimmer, der sich jedes Mal verdunkelte, wenn der Aufsichtsbeamte in die Zelle blickte.

R.H. war sich aber sicher, die Meridianer würden sein Problem erkennen und ihn nicht im Stich lassen. Immerhin wollten sie ja den Erdbewohnern einen Fortschritt ungeheuren Ausmaßes schenken. Und er war von der Vorsehung als Vermittler auserkoren.

R.H. wälzte sich auf seinem harten Lager, er fühlte sich entrückt und das Wunder geschah, er war entrückt, Lichtjahre entfernt in einer anderen Galaxis. Er träumte von freundlichen Wesen, menschenähnlich, und befand sich in einem runden Kuppelraum. Eine Säulenarkade schloss die Wand ab, unter jedem Säulenbogen befand sich eine Tür. R.H. selbst saß an einem runden großen Tisch. Nahezu gleichzeitig öffneten sich drei Türen. Drei Personen betraten den Raum. Verwundert sah R.H.

sich um, die Personen schienen erwartungsgemäß freundlich.

Allerdings fiel ihm sofort eine unglaubliche Ähnlichkeit der Gesichter auf, wie bei einem Drillingspärchen, den Grund sollte R.H. bald erfahren. Die drei Personen des Begrüßungskomitees nickten ihm freundlich zu. Ihre Gesichter waren menschlich, ihre Kleidung unterschiedlich farbig aber eng anliegend, sie erinnerte R.H. an Funktionskleidung. Die Füße steckten in leichten Schuhen, Schmuck irgendwelcher Art war nicht zu erkennen. Während die Vorderseiten der drei Personen Muskeln und Gelenke klar erkennen ließen, sah die Rückenfläche glatt und konturlos aus, auch dieses Geheimnis sollte bald gelüftet werden.

Der erste der Drei begrüßte ihn mit den Worten: "Willkommen im Reich der Meridianer. Wir sind beauftragt, Sie in den nächsten Stunden über unsere Lebensverhältnisse hier zu informieren. Dann werden Sie zurücktransformiert, um als Sendbote zu wirken. Wundern Sie sich nicht über diese Möglichkeit, die Überwindung größter Entfernungen ist uns möglich geworden, weil wir das Labyrinth der Wurmlöcher im Universum entschlüsselt haben und über die Möglichkeit der Dematerialisierung und weit entfernter Rematerialisierung verfügen. Jedoch blieben uns einige Regionen trotz geschicktester Wurmlochkombinationen verschlossen."

R.H., sonst nicht auf den Mund gefallen, war ob der vielen, auf ihn einstürmenden Informationen sprachlos. Aber er sollte noch mehr staunen. „Jeder von uns" fuhr der Sprecher fort, „trägt einen Protector mit sich. Wie Sie ja schon bemerkt haben, sind unsere Rücken im Schulterbereich konturlos, hier sitzt der Protector. Es ist ein Hightec-System, das uns bei der Geburt implantiert wird und innerhalb der ersten drei Lebensjahre eine unauflösliche, körperliche und nervliche Verbindung mit dem Träger eingeht. Dieses Implantat enthält unser universelles Wissen der letzten Jahrtausende. Es ist eine der Voraussetzungen unseres Erfolges und obwohl das Implantat wie ein Fremdkörper wirken mag, verwächst es mit dem kindlichen Körper ohne die Bewegungsfähigkeit im Geringsten zu beeinträchtigen."

„Alle Handlungen werden hier genauestens analysiert und das Ergebnis dem Träger bewusst gemacht. Einzige Prämisse: Keine Handlung darf einen anderen Meridianer schädigen oder beeinträchtigen." „Und was ist mit dem freien Willen?" Warf R.H. ein. Die Antwort: „Schwerverbrechen wie Mord sind durch Muskelblockade verhindert. Alle anderen Vergehen gegen die Regeln werden durch mehr oder weniger starke Gravitationszunahme geahndet. Das perfekte Gewicht ist bei uns die unabdingbare Voraussetzung für die Teilnahme am gesellschaftlichen Leben. Die ideelle Schwermetalleinlage im Unterfuß behindert die Bewegung ohne für andere erkennbar zu sein. In der Gesellschaft der Meridianer sind durch die hochentwickelte Medizin körperliche Gebrechen eliminiert.

Nun aber zum wichtigsten Thema unserer Mission: Vor längerer Zeit hatte sich unsere Gesellschaft entschieden, zur Vermeidung der meisten Probleme auf die geschlechtliche Fortpflanzung zu verzichten und zur Arterhaltung ausschließlich die von uns perfektionierte Klontechnik einzusetzen. Alles gilt auch für die weiblichen Mitglieder unserer Klongesellschaft. Sollte es wider Erwarten zu verschiedengeschlechtlichen Annäherungen kommen, so greift der Protector mit Bewusstseinsverlust ein."

„Einigen unserer Ratsmitglieder war das aber noch nicht genug, immer wieder kamen Vergewaltigungen bei uns vor, ein todeswürdiges Verbrechen und auf Anraten unseres Feministengremiums wurden alle männlichen Säuglinge mit einer Medizin behandelt, die die Geschlechtsteile auch im Mannesalter nicht über zwei Zentimeter Länge hinaus wachsen lässt. Damit war auch rein körperlich jeder Übergriff ausgeschlossen. Der Tag der Erfindung dieser Medizin wurde jedes Jahr mit großer Festlichkeit gefeiert. Wir nennen ihn den NoMenDay. Einer kleinen Gruppe von Frauen erschien diese Behandlung zu hart, sie wollten normale Männer wieder haben. Aber ihr Aufstand wurde niedergeschlagen und sie wurden in die Berge verbannt. Ihr weiteres Schicksal ist uns unbekannt."

R.H. war von allem Gehörten begeistert. Hier erlebte er eine hochentwickelte Kultur, die sich spielend disziplinierte, ohne dabei einen diskriminierenden Pranger zu verwenden. „Und wovon lebt ihr" konnte er sich nicht verkneifen zu fragen. „Alle Dinge des täglichen Lebens werden von sich selbst reproduzierenden Robotern besorgt. Außerdem leben wir in einem fast 100prozentigen Recyclingsystem mit minimalen Nachschussquoten", wurde er belehrt. Unser normales Lebensalter beträgt fast einheitlich 150 Jahre, wir sterben gewöhnlich an Altersschwäche. Jeder von uns hat entsprechendes Klonmaterial für die Fortsetzung des Lebens hinterlegt. Leider waren wir vor 200 Jahren durch eine nachhaltige Klimaänderung gezwungen, uns in den Untergrund zurückzuziehen. Damals kam es zu einer erheblichen Methanfreisetzung, verbunden mit einem Rückgang des Sauerstoffgehalts der Luft. Für uns Außerirdische wurde die Luft ungesund, deshalb unser Abstieg in die Tiefe des Planeten. Ein Großteil der Tier- und Pflanzenwelt konnte sich schnell genug anpassen und überlebte."

So weit so gut, dachte R.H. und schon ging die Information weiter. „Trotz all unserer Fortschritte und Errungenschaften haben wir ein Problem." R.H. wurde sehr aufmerksam, nach all dem Gehörten konnte er sich das beim besten Willen nicht vorstellen. Und dann platzte die Bombe als der Anführer der Meridianer sagte: "Uns ist schrecklich langweilig."

R.H. meinte sich verhört zu haben, aber dann fielen ihm die Worte Schopenhauers ein, der Glück definiert hatte als schmerzfreies Leben ohne Langeweile und schon kam auch die Erklärung: „Unter Langeweile leidet unsere Gesellschaft schon seit etwa 3000 Jahren. Damals beschloss unser Hoher Rat das zu ändern. Um aber keinesfalls eine Fehlentscheidung zu treffen, wurden drei Planeten in der Galaxis für ein Experiment ausgewählt, auf denen völlig unterschiedliche Lebensformen auf Brauchbarkeit getestet werden sollten." Die etwa zweitausendjährige Testphase wäre nun vorbei und die Meridianer stünden nun vor der

Analyse- und Bewertungsphase. Dazu waren die Botschafter aus diesen drei Welten zur Detailberichterstattung eingeladen. Bei R.H. passte die Entrückung besonders, weil er auf seinem Heimatplaneten ja unter Mordverdacht stand.

„Wir werden jetzt in den Ratssaal fahren, dort gibt es für alle Botschafter weitere Informationen." R.H. bekam eine Schwebeplatte unter die Füße geschoben und im Geleitzug ging es durch mehrere geräumige, gut beleuchtete Gänge, wobei Geschwindigkeits-änderungen durch den automatischen Fliehkraftausgleich nicht zu merken waren. Die Schwebeplatte bewegte sich gleichmäßig circa 5 cm über dem Boden. R.H. wollte wissen, ob sie die Planetenoberfläche erreichen würden. „Leider ist das im Moment nicht möglich. Wir leben schon seit etwa 200 Jahren im Untergrund", wurde ihm beschieden.

Inzwischen glaubt der Rat, durch gigantische Algenfelder den Sauerstoffgehalt so weit verbessern zu können, dass die natürlichen Verhältnisse in etwa 50 Jahren wieder zu erreichen wären. Die Oberfläche wäre dann wieder normal bewohnbar. Zusätzlich würden große Methanabsorber betrieben mit ebenfalls sehr positiven Effekten."

In einem der Zwischengewölbe passierten sie eine große Wandtafel. Ein Zwischenstopp gab R.H. die Möglichkeit, die verzeichneten Namen zu studieren. Zu seinem großen Erstaunen erkannte er auch seinen Namenszug: Richard Himmel. Es war nicht schwer zu erraten, hier waren die Namen aller Meridianischen

Botschafter je Erdteil verzeichnet, auch Gesine
Getrommels Namen konnte er erkennen. R.H. war
erleichtert, lag ihm doch Gesines Wohl sehr am Herzen.
Wahrscheinlich war sie auch entrückt zu den
Meridianern. Was ihn aber sehr verwunderte war die
Aufzählung zweier weiterer Planeten. Einer hieß Orgus
im Siebelnebel, der andere Dorn im Suchenquadranten,
auch dieses Geheimnis sollte sich für R.H. bald lüften.

Im Ratssaal befanden sich auf einem eigenen Podium
schon alle Meridianischen Botschafter der drei Planeten.
Auch Gesine Getrommel konnte er zwei Reihen vor sich
erkennen. Im Zentrum der Versammlung erschien ein
Halogenkopf. Das Aussehen erinnerte R.H. an eine
Büste von Julius Caesar, markante Nase, knochige
Wangen. Der Kopf begann klar und verständlich zu
reden. Er begrüßte alle Anwesenden und ging sofort in
den Sachvortrag über. Alle Botschafter wären
empfangen worden und hätten die wichtigsten
Vorinformationen erhalten. Seine Aufgabe wäre es, das
Leben auf den Vergleichsplaneten zu schildern und eine
erste Bewertung vorzunehmen. Für welche der
Lebensformen sich die Meridianer entscheiden würden
um ihrer Langeweile zu entgehen, würde einem
Gesamtrat anvertraut.

R.H. brauchte einige Sekunden, um den Inhalt der
Worte zu erfassen, die Erde wäre einer der
Vergleichsplaneten um den Meridianern als
Versuchslabor zu dienen, ihnen im Endeffekt die
Langeweile zu nehmen unter der sie angeblich litten!
R.H. war empört, das stellte seine ganzen Vorstellungen
infrage. Die Menschheit als Versuchskaninchen,

unglaublich! Eine Welt stürzte für R.H. zusammen, was für eine Enttäuschung!

Aber Caesar redete bereits weiter. „Auf dem Planeten Dorn im Suchenquadranten schufen wir eine Gesellschaft mit strengster Geschlechtertrennung. Zur Fortpflanzung benötigten sich zwar die Geschlechter, durch eine genetische Modifikation hatten männliche und weibliche Personen aber eine unüberwindliche Abneigung gegeneinander. Die räumliche Nähe bereitete ihnen physische Schmerzen und wurde ausnahmslos gemieden. Die zur Arterhaltung erforderlichen Zusammenkünfte zwischen den Geschlechtern fanden mehrfach im Jahr an bestimmten Orten unter stark vermindertem Bewusstseinszustand statt, sogenannte G-Orgien. Die Grundidee dieser Lebensform war es, jeden Anreiz zu Imponiergehabe und Rangfolgekämpfen zu vermeiden. Es bildete sich über den gesamten Planeten verteilt eine inselförmige Gesellschaft heraus. In allen Städten und Gemeinschaften lebten entweder nur Männer oder nur Frauen, natürlich mit dem jeweiligen männlichen oder weiblichen Nachwuchs.

Gleichgeschlechtliche Positionskämpfe auf den einzelnen Inseln ließen sich nicht ganz vermeiden, hielten sich aber in Grenzen. Der kulturelle und wissenschaftliche Austausch zwischen den Inseln funktionierte meist reibungslos, es entstanden kaum Niveauunterschiede. Der Fortschritt auf allen Gebieten war normal. Grenzstreitigkeiten zwischen den einzelnen Geschlechterinseln kamen vor, wurden aber durch die Obrigkeit meistens schnell beigelegt.

Gleichgeschlechtliche Partnerschaften mit zwei oder mehreren Personen waren die Regel. Leider hatte man bei den Jugendlichen erhebliche emotionale Defizite festgestellt, die auch im fortgeschrittenen Alter nicht mehr auszugleichen waren."

„Nun zum nächsten der Versuchsplaneten." Caesars Kopf machte eine kleine Pause. „Auf dem Planeten Orgus im Siebelnebel wurde eine Gesellschaft von Zwitterwesen aufgebaut. Diese Wesen sind in der Lage, gleichzeitig zu zeugen und zu gebären. Rein äußerlich und angezogen sehen diese Wesen alle wie Frauen aus. Von dieser Gesellschaftsform erwarteten wir uns ein völlig spannungsfreies Zusammenleben, allerdings mit einem verringerten Fortschrittspotential wegen der Inanspruchnahme der Nachwuchsbetreuung, die menschenähnlich angelegt ist.

Auf Orgus hatten sich, wie vorhergesehen, völlig andere Verhältnisse entwickelt. Auf dem Planeten herrschte größtenteils gemäßigtes Klima. Die bewohnbaren Zonen waren gleichmäßig auf die Zwitterer aufgeteilt. Jedem Zwitterer steht ein ha Land (10.000 qm) zur Verfügung. Eine Reservefläche steht für den Nachwuchs bereit, der allerdings nur in geringem Umfang geduldet wird. Bei den Zwitterern hatte sich ein Lebensstil der Minimalisierung ergeben, was den materiellen Bereich betraf. Nahrung wurde ausreichend aus dem Grundbesitz geschaffen.

Die nötigsten Gerätschaften wurden von der Obrigkeit kostenlos gestellt. Der Ehrgeiz der gesamten Population war es, mit dem geringsten Aufwand zu überleben. Alle

Zwitterer waren Minimalisten, hierfür wurden Orden und Preise verliehen. Die entscheidende Betätigung der Zwitterer war die philosophische Durchdringung allen Geschehens und hierin war die Gesamtheit meisterlich. Zwitterer entwickelten zu sämtlichen denkbaren Themen Theorien, die sie einem Institut zur Überprüfung einreichten, das ausgestattet mit allen Hilfsmitteln der Logik und Technik die Bewertung vornahm und bekannt gab. Auch hier wurden wieder Preise vergeben, jeder Zwitterer besaß mehrere davon. Ja, sie hatten es sogar geschafft, den absolut leeren Raum darzustellen, was gemeinhin als unmöglich gilt. Das Kommunikationssystem war allumspannend, die Zahl der maximalen Kontakte war einheitlich festgelegt. Schicksalsschläge wie Krankheiten werden klaglos akzeptiert, einschließlich eventueller Todesfolgen, es gibt keine ärztliche Betreuung.

Schicksalsergebenheit ist eine der Basisideen der Gemeinschaft. Die Produktion der wenigen erforderlichen Gerätschaften geschieht durch sich selbst reproduzierende Intelligenzen. Körperliche Arbeit auf dem eigenen Gelände ist jedem Zwitterer zwingend vorgeschrieben und wird mit großem Eifer betrieben. Den Fortschrittseffekt auf dem Zwittererplaneten stufen wir gering ein, auch was das Thema Langeweile angeht, sehen wir hier kaum einen Fortschritt."

In diesem Moment unterbrach ein Lichtflutorkan den Vortrag, alle Transportkreise wurden blockiert, Caesars Kopf verstummte einen Moment, dann gab er eine Sondermeldung von sich: „Wir bitten die kurze Unterbrechung zu entschuldigen. Leider versuchen einige unserer Bewohner immer wieder den Zugangscode unserer Protectorimplantate zu knacken. Das ist natürlich strengstens untersagt und wird mit Erhöhung der Fußsohlengravitation auf maximale Last geahndet. Dem Delinquenten ist es dann nicht mehr möglich, die Füße vom Boden abzuheben. Dadurch sind die Täter, meist junge Leute, unbeweglich auf ihrem Platz fixiert und müssen sich selbst bekannt geben. Der Rat entscheidet dann über das weitere Vorgehen.

Zurück zu meinem Vortrag.
Den dritten Planeten nannten wir Erde im großen Spiralnebel. Hier war der Plan, das Potential der Spezies Mensch zur unbehinderten Entwicklung kommen zu lassen, mit allen daraus sich ergebenden Vor- und Nachteilen, die auch bis zur Selbstauslöschung im denkbar schlimmsten Fall gehen könnten.

Wir sehen auf dem Planeten Erde nach dem fast abgelaufenen Versuchsstadium einen unglaublichen Entwicklungssprung, nachdem wir die Hoffnung auf diesen Sprung im sogenannten Erdmittelalter schon fast aufgegeben hatten. Nicht nur, dass die Erdlinge auf dem besten Wege sind, unseren Entwicklungsvorsprung in ca. 200 Jahren einzuholen, ja wir halten sie sogar für fähig, ihrerseits das Wurmlochlabyrinth der Galaxis zu entschlüsseln, eine unserer größten Leistungen. Natürlich sehen wir auch die gewaltigen Nachteile, die sich aus der Verschwendung kognitiver Leistungsfähigkeiten durch persönliche Probleme aller Art ergeben, insbesondere durch die unglaublichen und völlig überflüssigen Spannungen zwischen den Geschlechtern.

Andererseits sind die Erdlinge durch die bald gelöste
Kernverschmelzung im Besitz unbegrenzter Energien,
mit allen daraus resultierenden neuen Möglichkeiten.
Unser Problem der Langeweile wäre auf diesem
Planeten oder mit dieser Lebensform sicher zu lösen."

R.H. hatte sich von seiner anfänglichen Empörung
erholt. Die Erde als Labor unterschiedlicher
Lebensformen war nicht ganz leicht zu ertragen.
Andererseits steckte gegenüber den
Vergleichslebensformen ja auch eine verhältnismäßig
positive Beurteilung. Sein Traum von gigantischen
Empfangsbauten auf Sizilien allerdings war wohl
geplatzt. Ein Gedanke schoss ihm in diesem Moment
durch den Kopf: Könnte man nicht das
Protectorimplantat für die Erdlinge einsetzen? Er
merkte, er hatte sich schon das Idiom der Meridianer
angeeignet. Das bekannte Grundwissen stünde damit
jedem Menschen anstrengungslos zur Verfügung und
die Analyse von Handlungsfolgen könnte auch von
großem Vorteil sein. Allerdings, das hatten ihm die
Meridianer auch gesagt, alles neue Wissen muss auch
bei dieser Methode entsprechend mühsam erlernt
werden.

Gerne hätte R.H. diese seine revolutionären Gedanken
vor dem Auditorium geäußert. An seinem Pult suchte er
nach einem Schalter für das Mikrofon. Er tastete überall
herum ohne einen Schalter zu finden, dabei hätte er so
gerne geredet.

Ein anderer Gedanke schoss ihm aber durch den Kopf. Die Meridianer hatten ihm ja bei der Begrüßung von dem Wurmlochlabyrinth erzählt, mit dessen Hilfe sie seine Entrückung bewältigt hatten. Könnte er sich nicht unsterbliche Verdienste für die Menschheit erwerben, sie in den Besitz dieses Wissens zu bringen. Sicher war dieses Wissen in einem zentralen Computer gespeichert. Wie aber diesen Computer finden? Zumindest müsste er es aber versuchen. Geeignet schien ihm die altbekannte Strategie, über eine Toilette einen Ausbruchversuch zu wagen. Wie und wo aber waren Toiletten bei den Außerirdischen?

Einem seiner Begleiter deutete R.H. sein Bedürfnis an, der verstand das auch recht schnell. R.H. solle sich auf seine Schwebeplatte stellen, er würde dann den erforderlichen Code eingeben. Sicherheitshalber, damit er nicht auffalle, warf einer seiner Begleiter ihm noch die bei den Meridianern übliche Kutte über. R.H. tat wie ihm geheißen, der Meridianer gab den Code ein und sein Transporttableau verließ mit sanfter Geschwindigkeit den Vortragssaal. R.H. war natürlich klar, er müsse sich im Zentrum der meridianischen Hauptverwaltung befinden.

Unversehens bremste sein Transporteur und er hatte auch schon eine Idee, das Gerät zu überlisten. Zuerst aber studierte er die Piktogramme vor seiner Nase. Der Raum in dem sich R.H. befand war klein, fensterlos, mit mehreren Ausgängen, in einer Ecke stand eine Art Blumentopf mit einer mannshohen Zierpflanze ähnlich einer Palme. Die Piktogramme wiesen R.H. an, seine Hose und Unterhose auszuziehen und sich auf eine runde Platte zu stellen. Er tat auch so, da er aber die Gegend erkunden wollte stellte er den relativ schweren Blumentopf auf seinen Transporteur, um damit sein Körpergewicht vorzutäuschen. Tatsächlich, die Platte blieb an der Stelle fixiert. Er selbst stellte sich auf die ihm angewiesene runde Platte. Kaum stand er drauf, so sank die Platte leicht vibrierend bis auf Hüfthöhe ab. Um seine Hüfte schloss sich ein flexibler Ring und er wurde aufgefordert, sein Geschäft zu machen. Es blieb ihm auch nichts anderes übrig, also tat er was er musste und er musste wirklich. Er hatte das Gefühl, an seinem ganzen Unterleib würde gesaugt, kurz danach fühlte er sich wie in einer kleinen Waschanlage mit Massageeinlage und Trockengebläse, aber er war immerhin erleichtert. Der flexible Ring öffnete sich, die Standplatte hob sich und R.H. kleidete sich wieder an. Seine Schwebeplatte mit dem Blumentopf drauf stand noch am alten Platz. Gut so, dachte R.H. und versuchte, eine der Türen zu öffnen. Bei der Ersten misslang es, aber die zweite Tür ließ sich leicht aufmachen und er kam in einen Gang wie ein Tunnel.

R.H. hörte ein leichtes Rauschen, wie das Geräusch einer Lüftungsanlage. Seine Hoffnung stieg, er könne in der Nähe des Zentralcomputers sein. Er tastete sich den nur mäßig erleuchteten Gang weiter und stand bald vor einer Tür mit einem runden Durchguckfensterchen und zu seiner großen Überraschung sah er in einen Raum, der wie die Zentrale des Hauptrechners aussah. Später stellte sich heraus, sein Begleiter hatte als Code irrtümlich die Adresse der Toilette für die Computermitarbeiter eingegeben. In dem Raum konnte er nur einen einzigen Außerirdischen erkennen, das kam seinen Plänen entgegen.

R.H., sonst kein rabiater Mensch, war hier entschlossen, sich die Daten für das Wurmlochlabyrinth anzueignen, koste es was es wolle. Die Tür öffnete sich auf leisen Druck, der Außerirdische am Computer bemerkte ihn nicht. R.H. sah sich in dem Raum kurz um, auf einem Tisch rechts von ihm lag ein spitzer Gegenstand, ähnlich einem Kugelschreiber. Diesen ergriff er und mit drei weiteren Schritten stand er hinter dem Computerexperten. Er umfasste dessen Schulter und drückte ihm die Spitze an den Hals.

Völlig überrumpelt und mit schreckgeweiteten Augen starrte dieser R.H. an. „Daten Wurmlochlabyrinth komplett" zischte R.H. und drückte dem Außerirdischen die Spitze seiner Waffe noch fester an den Hals. Der Arme, völlig entsetzt und auf eine derartige Situation in keiner Weise vorbereitet, machte instinktiv einige Tastengriffe auf seinem blinkenden Zentralfeld und innerhalb von Sekunden warf der Supercomputer ein winziges Speichermedium ähnlich einer großen Kaffeebohne aus, sogar mit einem kleinen Stecker dran. R.H. steckte den Speicher ein und fesselte den noch immer sprachlosen Computerexperten mit einem Sitzgurt, führte ihn zur nächsten Tür, die sich öffnen ließ, und schob den völlig perplexen Computerworker in den dahinterliegenden Raum, eine Art Materiallager. Er verschloss den Raum und sein Ziel war jetzt wieder der große Versammlungssaal aus dem er gekommen war.

Eine der Türen führte R.H. auf einen größeren Gang. Nach einer kurzen Strecke konnte er in einen Saal voller Außerirdischer sehen. Er blieb stehen und hörte einen Moment zu. Hier war die Rede von einem rückwärts gespiegelten Teilchen, das die Außerirdischen erst kürzlich entdeckt hatten. Dieses rückwärts gespiegelte Teilchen enthielt ähnlich wie in einem Hologramm Fakten aus der Zeit vor dem Urknall, einer anderen 100 Milliarden Jahre währenden Epoche. Beim Thema Gott war man dann auch hier stecken geblieben. Ein Wissenschaftler vertrat die Meinung, es bedürfe am Anfang nur einer einzigen logischen Entscheidung, aus der sich alle anderen Entwicklungen zwangsläufig ergäben. Wie bei einem Gesetzbuch für friedliches, freiheitliches und gerechtes Leben. Aus diesem Grundprinzip ergeben sich dann 2000 Seiten logisch aufgebauter Folgegesetze. Auf die Galaxis bezogen bedurfte es nur des ersten physikalisch perfekt ausgestalteten Elementarteilchens. Alles Weitere ergibt sich dann daraus logisch und zwangsläufig. Der Kontrahent dieser Theorie, ein grauhaariger, bärtiger Typ, bestritt die These des rückwärts gespiegelten Elementarteilchens als Messfehler. Für ihn war die komplette Galaxis ein Staubkorn auf dem Zehennagel eines unvorstellbar großen Wesens, dessen Aussehen und Ausmaße niemand auch nur erahnen könne.

Das Zusammenleben der Außerirdischen richtete sich aber nach einer kurzen Sammlung von Gesetzen, die einfach waren, und die Quintessenz einer sehr alten Kultur darstellten. Diese Sammlung war nicht sehr umfangreich und enthielt im Grund dieselben Regeln, wie die bei den Erdlingen bekannten 10 Gebote der Bibel.

Beim Blick in den nächsten Hörsaal, es handelte sich wohl um eine juristische Vorlesung, war gerade von der bei den Meridianern üblichen Art der Bestrafung die Rede. Das System war ganz einfach, wie R.H. hörte. Meridianer werden im Durchschnitt 150 Jahre alt. Die jedem Meridianer anhaftende Rückenfolie enthielt in ihrem Kompendium eine Gesetzessammlung der vergangenen Jahrhunderte. Aufgrund der neuronalen Verbindungen und einer Ablaufanalyse der begangenen Tat war das Rückenwesen „das Zweite Ich" in der Lage, bei Vergehen eine Strafe zu ermitteln. Die Strafe bestand in jedem Fall aus einer Verkürzung der normalen Lebensdauer in unterschiedlicher Höhe, je nach Schwere der Tat. Erreicht wurde die Verkürzung durch eine hormonelle Einwirkung des Zweiten Ichs. Einer der Hörer im Saal fragte, ob es nicht schon Manipulationen gegeben habe? „Ja", antwortete die Hologrammstimme, „vor 67 Jahren hatte einmal ein Eingriff in das Zweite Ich stattgefunden. Der Täter war aber schon wenige Tagen nach Überschreitung des Höchstalters erkannt und eliminiert worden". Auf Anhieb erschien R.H. diese Idee verblüffend gut, aber wie waren die Meridianer in der Lage, für alle Personen immer den neuesten Stand der Gesetze parat zu halten? Er konnte sich das nur mit der Übersichtlichkeit der Gesetze erklären. R.H. hatte schon erfahren, wie neue Erkenntnisse vermittelt wurden. Der Bestand des Grundwissens war ja bei der Geburt auf neuestem Stand. Weiteres oder ergänzendes Wissen mussten die

Meridianer aber genauso mühsam lernen, wie die von ihnen so genannten Erdlinge.

In diesem Moment wurde ein Lichtflutalarm ausgelöst. Die Sensoren von R.H.s Transporttableau hatten seine Abwesenheit trotz der Palme erkannt und die Sicherheit alarmiert. Wegen seiner Fremdartigkeit wurde R.H. schnell gefasst und in einem unsichtbaren Magnetkäfig festgesetzt. Später erfuhr R.H. von dem großen Erstaunen in der Versammlung der Abgeordneten, als seine Schwebeplatte mit der Palme an seinem Sitzplatz erschien. Allerdings hatte das auch den sofortigen Lichtalarm zur Folge. Jetzt saß R.H. in seinem Magnetkäfig und harrte der kommenden Dinge. Einmal hatte er versucht, durch die Magnetwand hindurchzugreifen, wurde aber durch starke Berührungsschmerzen von weiteren Versuchen abgehalten. Immerhin hatte er die Daten des Wurmlochlabyrinths bei sich und war entschlossen, sie um jeden Preis für sich und die Menschheit zu retten.

Nach kurzer Zeit erschien sein Empfangskomitee. Inzwischen wusste R.H. ja von der Klongesellschaft der Meridianer. Er hatte sich schon früher über das verhältnismäßig gleichartige Aussehen seiner Begleiter gewundert. Er war allerdings immer noch nicht in der Lage zu bestimmen, wer weiblichen und wer männlichen Geschlechts von ihnen war. Immerhin informierten sie R.H. über die weitere Entwicklung. Kurzfristig würde der Große Rat einberufen, um über seine Verurteilung zu beraten. Angeklagt wäre er wegen unerlaubter Bewegung innerhalb des Zentralgebäudes und der Freiheitsberaubung eines Meridianers.

Ausgerüstet mit einem Transponder, der Sprachübersetzungen in jeder Richtung erlaubte, wurde R.H. wenig später vor den Großen Rat geführt. Zu seinem Erstaunen fand die Versammlung mit 8 Meridianern in einer oberbayrischen Bauernstube statt. Auch seine drei Empfangsmeridianer waren anwesend. Einer erzählte ihm, man habe diese Räumlichkeit simuliert, um ihm möglichst wenig Angst einzujagen. R.H. wunderte sich über das Kruzifix in einer Ecke des Raumes.

Der Vorredner sah seine Blicke und hielt ihm einen kleinen Vortrag mit folgenden Worten: „Mein Lieber R.H., wundere dich nicht, dies ist eine Simulation. Wir Meridianer sind Monotheisten, wir machen uns keine Vorstellung und kein Bild. Wenn unser Gott, der Undenkbare, der alles ist, denkt, kann er nur sich selbst denken, denn er ist Alles, und weniger als Alles zu denken ist dem Undenkbaren nicht möglich. Weil euch Erdlingen das Endliche angeboren ist, bleibt euch unendlich und alles Existierende zusammen zu denken für immer unmöglich.

Nun zur Sache. R.H., du hast gegen unsere Regeln verstoßen. Du hast dich ohne Genehmigung von der Transportplatte entfernt, bist durch unser Zentralgebäude gegangen und hast einen Meridianer des Computerteams in einen Dunkelraum gesperrt. Wir haben schon eine Weile beraten, wie wir mit dir verfahren sollen. Das wäre unter normalen Umständen und für einen Meridianer nicht ohne Folgen. Andererseits warst du immer ein eloquenter Verfechter unserer Sache, und weil wir für Vergehen von Erdlingen keine Gesetze haben, wirst du gemäß Ratsbeschluss umgehend reportiert. Die Gefahr für dich in Agritento ist vorbei, die wahren Mörder sind gefasst, deine drei Begleiter Menikom, Monokom und Agritom werden alles veranlassen. Ich darf dir noch verraten,… kom am Ende ist die männliche Form und …tom die weibliche".

Daraufhin sah sich R.H. seine drei Begleiter noch einmal genau an und tatsächlich entdeckte er bei Agritom eine kleine Wölbung auf dem Brustkasten, eine Minibrust. Zu weiteren Sprachstudien blieb R.H. keine Zeit.

R.H. bestieg seine Transportplattform, es sollte zu der Empfangshalle gehen. Wieder kamen sie an Lehrsälen mit offenen Türen vorbei. R.H. stoppte die Fahrt, auf einem Riesenbildschirm sah er die ihm so gut bekannten Umrisse von Italien und als Überschrift flimmerte der Text: Italien im Jahr 2035. R.H. bat um einen kurzen Aufenthalt, denn gerade wurde der Zustand Italiens im Jahr 2035 erklärt. Unglaubliches hörte er aus dem Mund des Halogenkopfes.

Durch ungebremsten Zustrom großer afrikanischer Volksmassen wurde Süditalien in wenigen Jahren zu einem gesetzlosen Gebiet. Sizilien wurde zuerst unregierbar. Zusammen mit der Mafia organisierten nordafrikanische Banden Flüchtlingstransporte, anfänglich noch nachts, später, als Hafenanlagen in ihrer Hand waren, auch tagsüber mit Fährschiffen, die täglich zehntausende von Personen absetzten. Polizei und Militär zogen sich aus humanitären Gründen zurück, der Vatikan setzte erhebliche Gelder für die Nothilfe ein. Nur wenige Jahre später hatte die eindringende afrikanische Bevölkerung auf dem Festland Süditalien besetzt und sich weit nach Norden vorgearbeitet.

Neapel war zum Zentrum der Gesetzlosigkeit geworden. In ganz Süditalien herrschte Faustrecht, marodierende Banden zogen plündernd und mordend durch das Land. Die öffentliche Verwaltung und die Infrastruktur waren zusammengebrochen. Das Militär hatte sich auf eine Verteidigungslinie Rimini - Florenz durch den Appenin bis nach La Spezia zurückgezogen. Im Bereich von Carrara fand der von Hitlers Soldaten gebaute 3 Meter hohe und 1 Meter breite Gotendamm als Verteidigungslinie erneute Verwendung. Alle Durchgangsstraßen waren gesperrt, die Poebene sollte unter allen Umständen vor den anstürmenden Volksmassen geschützt werden. In allen Bereichen waren auch schwere Waffen stationiert. Der Vatikan war schon vor Jahren nach Mailand geflohen, nachdem durch einen schweren Bombenanschlag der Petersdom eingestürzt war, nur die Umfassungsmauern standen noch und die Figuren der Heiligen zum Petersplatz.

R.H. hatte genug gesehen, er wandte sich nickend an seine Begleiter. Auf seiner Schwebeplatte ging es mit Menikom, Monokom und Agritom zurück in den Raum, der ihm als Empfangshalle in Erinnerung war. Agritom servierte ihm in einem Becher einen gelblichen Trunk und R.H. fiel auf, in der ganzen Zeit seiner Anwesenheit hatte er nichts gegessen, komischerweise spürte er aber auch keinen Hunger, möglicherweise war die Luft der Meridianer nahrhaft. Agritom nickte ihm zu, „der Saft beruhigt", meinte sie, und lächelte ermunternd. R.H. trank. Ein Hungergefühl blieb trotzdem und er sagte es seinen Begleitern. Also bekam er auch noch eine Lektion in meridianischer Esskultur.

Wieder ein kurzer Weg auf den Schwebeplatten. Mit wenigen Schritten betraten alle vier ein domartiges Zimmer. Mehrere bequeme Sitzmöglichkeiten säumten ein Halbrund, die andere Hälfte des Halbrunds machte einen offenen Eindruck. „Wir nennen es unser Zeltarium", meldete sich Agritom, „setz dich". Vor jedem Sitz erhob sich eine runde Säule aus dem Boden.

„Wünsche dir dein Essen, es wird nach kurzer Zeit aus der Säule erscheinen. Das Besondere an unseren Zeltarien ist die Simulationsmöglichkeit einer sehr großen Zahl von Erlebniswelten. Wir sind in der Lage, fast alle denkbaren Szenarien unserer ehemaligen Planetenoberfläche in einer nahezu perfekten Natursimulation darzustellen. Du kannst dir einen Sonnenuntergang an einem Strand wünschen und erhältst das Meeresrauschen, den Anblick der Wellen zu deinen Füßen, die leichte Brise in deinem Gesicht und den Geruch von Meerwasser und den Blick in die unendliche Ferne des Ozeans. Die Bilder erscheinen täuschend echt um dich herum. Weil wir fast alle denkbaren Situationen nachstellen können, besteht kaum ein Bedarf, wirkliche Situation zu erfahren. Die möglichen Szenarien reichen von allen angenehmen Situationen bis zu Raubtierüberfällen in Dschungelcamps und Vulkanausbrüchen mit pyroklastischen Strömen für hartgesottene Gemüter, natürlich auch hier wieder mit den entsprechenden Geruchs- und Hitzeerfahrungen."

R.H. hatte sich eine Raumfahrtsituation gewünscht. Vor sich sah er jetzt die komplette Ausrüstung eines Raumschiffes. Aus dem Frontfenster öffnete sich ihm der Blick in eine unendliche Ferne. Raumpersonal lief vor seiner Tischsäule auf und ab, aus der sich leise sirrend sein Menü erhob. Die kreisrunde Fläche öffnete sich und sein appetitlich duftender Schweinebraten stand vor ihm, seine Begleiter hatten nur doppelt depolarisiertes Wasser und ein Pilzgericht gebucht. R.H. war aber leicht irritiert, saß er doch jetzt mit einem dampfenden Schweinebraten im Cockpit eines Raumschiffs.

R.H. fragte Agritom, ob das Szenario auch umbestellt werden könne? 'Selbstverständlich' war die Antwort und welche Situation er wünsche? Er hätte jetzt gerne die Dachterrasse auf einem Wolkenkratzer mit Fernblick. Innerhalb von Bruchteilen einer Sekunde wandelten sich die Verhältnisse. R.H. fühlte sich in luftiger Höhe mit einem unglaublichen Blick. In weiter Ferne zog sich eine Hügelkette am dunstigen Horizont entlang. R.H. fühlte sich wie auf einem Aussichtsturm, um ihn herum am Boden stand grüner Laubwald, in der Nähe ein Dorf, Wolken segelten am blauen Himmel, er hörte Vogelgezwitscher.

Sein Essen war verzehrt und R.H. konnte nicht umhin, die meridianische Küche zu loben. Von seinen Führern bekam er das Zeichen zum Aufbruch und auf den

Schwebeplatten erreichten sie den Raum, den er noch von seinem Empfang her in Erinnerung hatte. Termingerecht begann auch das gelbe Beruhigungsgetränk zu wirken.

Als er aufwachte, hielt er zu seinem Staunen das Rohrgestell seines Zellenbettes umklammert. Nur mühsam fand R.H. aus seinem galaktischen Traum in die Wirklichkeit seiner Zelle von Agritento zurück. Hatte er nicht das Geheimnis des Wurmlochlabyrinths für die Menschheit gerettet? Er suchte nach der Datenbohne, es war wohl doch nur eine Vision. Wenig später wurde die Zellentür geöffnet und ohne größere Umstände befand er sich in Freiheit.

Am selben Tag seiner Verhaftung noch hatte die Polizei zwei Personen festgenommen, die mit einem Schlauchboot just an der Stelle an Land gegangen waren, wo sich der Bürgermeister in der Nacht aufgehalten hatte. Der Bürgermeister wollte sein Geld nicht freiwillig hergeben und in dem Handgemenge stürzte er unglücklich. Diesen Tathergang hatten die beiden unabhängig voneinander bestätigt. R.H. war froh, die Heimreise unbeschadet antreten zu können. Erleichtert stellte er auch fest, Süditalien war noch nicht unregierbar geworden. Alle Einrichtungen funktionierten noch in der gewohnt lockeren Art. Auch auf dem Rückweg in seine Heimat machte er keinen Halt in Neapel, dieser Bereich schien ihm doch seinen Visionen von den Außerirdischen weitgehend angenähert.

Andere Gedanken beschäftigten R.H. allerdings auf der gesamten Rückfahrt. Seine Visionen von den Außerirdischen, könnten das nur Hirngespinste sein? Einen weiteren Schock erhielt R.H. bei seiner Ankunft zu Hause. Der Stein in seinem Garten, hatte man herausgefunden, war vom Nachbarbub fabriziert und zu ihm geworfen worden. R.H. versank daraufhin in tiefes Grübeln. Konsequenterweise müsste er das seinen Vereinsmitgliedern mitteilen und den Verein der Meridianer auflösen. Welch ein Schicksal, und so grübelte R.H. noch eine Zeit lang weiter.